चक्रव्यूह

रविशंकर पाण्डेय

ट्रू साइन

प्रकाशक : ट्रू साइन पब्लिशिंग हाउस

पता : 21, द्वितीय तल, कुन्दन नगर, बागमुगलिया,

भोपाल, मध्य प्रदेश - 462026 भारत

ईमेल : truesignbooks@gmail.com

वेबसाइट : www.truesign.in

चक्रव्यूह

लेखक: रविशंकर पाण्डेय

ISBN: 978-93-6253-669-3

संस्करण: 2024

दो शब्द

साथियों, मुझे आपको जानकारी देते हुए बहुत खुशी हो रही है। आपके स्नेह, सहयोग, और सहकार्य से मेरी पांचवीं किताब का प्रकाशन हो रहा है। 'चुनाव कैसे जीते', 'कहानी संग्रह', 'पारसी मनी', 'हौसले से उड़ान', और 'चक्रव्यूह' का कुशलता से प्रकाशन हो रहा है।

इस अवसर पर पब्लिशर श्री शिव गणेश प्रजापति, शुभचिंतकों, मित्रों, और रिश्तेदारों का जिन्होंने मुझे पूरा-पूरा समर्थन दिया, वे मेरी ताकत बने और इसका प्रतिफल आपके समक्ष है। सभी लोगों को बहुत-बहुत धन्यवाद।

रविशंकर पाण्डेय
लेखक, मोटिवेशनल स्पीकर
संपादक, पूर्व सामाजिक नेता
"प्रतिभा चैनल" मुख्य संपादक

अनुक्रमणिका

सात चरणों में लोकसभा चुनाव

क्रम संख्या एवं चरण	तारीख	सीटें	राज्य/केंद्र शासित प्रदेश
1 चरण	19 अप्रैल	102 सीटों हेतु	21 राज्यों में
2 चरण	26 अप्रैल	88 सीटों हेतु	13 राज्यों में
3 चरण	7 मई	94 सीटों हेतु	12 राज्यों में
4 चरण	13 मई	96 सीटों हेतु	10 राज्य/2 केंद्र शासित प्रदेश
5 चरण	20 मई	49 सीटों हेतु	8 राज्य/2 केंद्र शासित प्रदेश
6 चरण	25 मई	57 सीटों हेतु	7 राज्य/2 केंद्र शासित प्रदेश
7 चरण	1 जून	57 सीटों हेतु	7 राज्य/2 केंद्र शासित प्रदेश

चुनावी हलचल

1. मध्य प्रदेश विधान सभा 2018 में 73 करोड़ रुपये की राशि जब्त की गई थी। 2023 के विधान सभा में 346 करोड़ रुपये जब्त किए गए थे।

2. भारत में कुल 96.88 करोड़ मतदाताओं में से इस बार 64.2 करोड़ ने वोट देकर "वर्ल्ड रिकॉर्ड" बना दिया। इसमें 31.2 करोड़ महिलाएं शामिल हैं। यह जानकारी मुख्य निर्वाचन आयुक्त ने दी।

3. औसतन 8 विधानसभा सीटें मिलाकर एक लोकसभा का क्षेत्र बनता है। लोकसभा निर्वाचन क्षेत्र कुछ समय के अंतराल के बाद संशोधित होता रहता है। परिसीमन के जरिए इसका निर्धारण किया जाता है। सिक्किम को छोड़कर देशभर में विधानसभा और लोकसभा क्षेत्रों की भौगोलिक सीमाएं निश्चित होती हैं। मध्यप्रदेश में लोकसभा क्षेत्र ऐसे हैं जहां 7-7 विधानसभा को मिलाकर लोकसभा क्षेत्र बनाया गया। उदाहरण के लिए, 1. छिंदवाड़ा और 2. सतना।

4. पूर्व में 10 लाख आबादी पर एक लोकसभा सीट होती थी, लेकिन अब यह नियम शिथिल हो चुका है। वर्तमान में लोकसभा क्षेत्रों की आबादी 15 से 30 लाख के बीच तक है।

5. किसी भी चुनाव में उम्मीदवार को यदि कुल डाले गए मतों में से कम से कम 16.6% वोट भी नहीं हासिल होते हैं तो उसकी जमानत जब्त हो जाती है। यह प्रतिशत सभी तरह के चुनावों में एक जैसा होता है।

6. अमिट स्याही 10 सेकंड में सूखती है। यह अर्ध स्थायी स्याही है, जो मतदान से पहले वोटर के बाएं हाथ की तर्जनी उंगली के नाखून पर लगाई जाती है ताकि निर्वाचन में दो बार मतदान करने जैसी गड़बड़ियों को रोका जा सके। भारत में सबसे पहले वर्ष 1962 में हुए

तीसरे लोकसभा चुनाव में इसका इस्तेमाल किया गया था। तब से यह चुनावों का अहम हिस्सा बन गई है। सिल्वर नाइट्रेट युक्त बैंगनी स्याही रोशनी के संपर्क में आने के बाद पक्के काले रंग की हो जाती है। यह सिर्फ 40 सेकंड में ही सूख जाती है। लगभग 20 दिनों तक इसका निशान रहता है। यह स्याही भारत में सिर्फ दो जगहों पर बनती है: मैसूर पेंट्स एंड वार्निश लिमिटेड और हैदराबाद स्थित रायडू लेबोरेटरीज लिमिटेड।

7. ई.वी.एम. (इलेक्ट्रॉनिक वोटिंग मशीन) तीन हिस्सों से मिलकर बनती है: एक कंट्रोल यूनिट (सीयू), दूसरा बैलेट यूनिट (बीयू), और तीसरा वोटर वेरीफायरेबल पेपर ट्रेल (वीवीपैट)। एक सीयू से अधिकतम 24 बीयू और वीवीपैट जोड़े जा सकते हैं। एक बीयू में अधिकतम 16 उम्मीदवारों का चुनाव कराया जा सकता है। वर्ष 2006 मॉडल की इलेक्ट्रॉनिक वोटिंग मशीन से अधिकतम दो हजार वोट दर्ज किए जा सकते हैं। वर्तमान में सर्वाधिक यही मशीनें इस्तेमाल की जा रही हैं। इससे पहले वर्ष 2000 से 2005 के बीच के मॉडल की ईवीएम में अधिकतम 3800 वोट दर्ज किए जा सकते हैं।

8. देश में 1951-52 में हुए पहले चुनाव में लोकसभा उम्मीदवारों के खर्च की सीमा 25,000 रुपये थी, जो अब बढ़कर 95 लाख रुपये हो चुकी है। विधानसभा चुनाव में ये सीमा अभी 40 लाख रुपये है।

9. लोकसभा चुनाव लड़ने हेतु सामान्य प्रत्याशियों को 25,000 रुपये और एस.सी./एस.टी. हेतु 12,500 रुपये अग्रिम जमानत के तौर पर जमा करना पड़ता है।

10. विधानसभा चुनाव हेतु सामान्य प्रत्याशियों को 10,000 रुपये और एस.सी./एस.टी. हेतु 5,000 रुपये अग्रिम जमानत के तौर पर जमा करना पड़ता है।

11. पंडित जवाहरलाल नेहरू के प्रधानमंत्री कार्यकाल में लोकसभा सीटें 364, 371, 361 थीं, कुल लोकसभा सीटें 508 थीं। नरेन्द्र मोदी के प्रधानमंत्री कार्यकाल में 282 (2014), 303 (2019), एन.डी.ए. 293 (2024) कुल लोकसभा सीट 543 हैं। 2024 में भाजपा का नारा था "400 पार", जिसे मतदाताओं ने नकार दिया।

कम वोटिंग राजनीति पार्टी का चिंता का विषय

18वीं लोकसभा के दो चरणों में हुए कम मतदान से पार्टी नाराज एवं चिंतित है। उन्होंने विधायक, मंत्री, पदाधिकारी, और कार्यकर्ताओं को टारगेट देकर अधिक सक्रियता से कार्य करने को कहा है एवं लालच भी, भय भी दिखाया है। विधायक अपने क्षेत्र में वोट प्रतिशत बढ़ाते हैं तो संभवत: वे मंत्री बन सकते हैं, और जिन मंत्रियों के क्षेत्र में वोट प्रतिशत गिरता है तो उनका मंत्री पद खतरे में पड़ सकता है।

राजनीतिक पार्टी के कार्यकर्ता जनता के बीच जाकर मतदाताओं को अपनी पार्टी के संकल्प पत्र और घोषणा पत्र की जनहित योजनाओं के बारे में बताने का कार्य कर रहे हैं ताकि वोट प्रतिशत बढ़ सके। वोट प्रतिशत कम होने के पीछे जानकारों की अलग-अलग राय है। अधिक गर्मी, ज्यादा शादियां, मनचाहा प्रतिनिधि नहीं खड़ा होना या मतदान के प्रति उदासीनता इसके बड़े कारण हो सकते हैं।

सरकार और कई कंपनियां वोट प्रतिशत बढ़ाने के लिए पेट्रोल, डीजल, होटलों, और लॉज में भी डिस्काउंट दे रही हैं। "उंगली पर मतदान का चिन्ह दिखाओ, डिस्काउंट पाओ" यह भी कहा जा रहा है। मतदाताओं की उदासीनता एक बड़ा संदेश दे रही है और नतीजे चौंका सकते हैं। गहराई से विवेचन की जरूरत है।

कुछ राजनीतिक पार्टियां शालीनता स्थापित प्रजातांत्रिक मूल्य कानूनों से बेपरवाह होकर वोट मांग रही हैं। जबकि कोशिश यह होनी चाहिए कि मतदाताओं को अच्छी योजना, पार्टी की कार्यप्रणाली, और आगामी योजना बताकर प्रभावित कर अपनी ओर खींचने की कोशिश की जाए।

क्या जनता का मतदान के प्रति विश्वास कम हुआ है? क्योंकि चुनाव में जनमत का रुझान एक जटिल प्रक्रिया है। जिसमें एक पक्ष से नाराजगी का घटना-बढ़ना इस बात पर निर्भर करता

है कि विकल्प है या नहीं। अगर विकल्प है, तो अपेक्षाकृत युवा अपने आपको ठगा सा महसूस करता है। कुछ युवा ऐसी घटना से पीड़ित होकर आत्महत्या कर लेते हैं। जो संघर्ष कर रहे हैं, उनका दिल ही जानता है। राजनीतिक पार्टियों को इस मुद्दे पर विचार कर सुलभ, सरल नीति बनानी चाहिए ताकि युवाओं को मान-सम्मान के साथ आसानी से काम मिले और वे अपने आपको उपेक्षित महसूस न करें।

आम वोटर भी राजनीतिक पार्टियों और उम्मीदवारों से ज्यादा खुश नहीं हैं। पांच वर्षों बाद ही राजनीतिक पार्टियां और उम्मीदवार मतदाताओं के बीच चुनाव के कारण उपस्थित होते हैं। चुनाव के बाद पांच वर्षों के लिए नदारद हो जाते हैं। यह बात आम मतदाता बखूबी जानता-समझता है। चुनाव के समय उम्मीदवार केवल दिखावा करते हैं। "हम आपके बेटे, बेटी, बहू, चाचा के समान हैं। कोई भी समस्या हो तो बेधड़क आप हमारे घर पर आ सकते हैं।" कई बार शायद घर नहीं मिलते हों, लेकिन उनके प्रतिनिधि जरूर मिल जाते हैं। उन्हें आवेदन दो, ठीक सांसदजी को दे देंगे, आपकी समस्या हल हो जाएगी। कोई समस्या हल नहीं होती, रातोंरात वाली प्रवृत्ति नेताओं में है।

पंचवर्षिक योजना और कई अन्य योजनाएं बनाकर सरकार जनहित और देश की प्रगति के लिए कार्य करती है। फिर भी जनता की कुछ समस्याओं पर सरकार मौन रहती है और कोई कार्य नहीं होता। जनता वोट देकर उन्हें निर्वाचित करती है, तो जनता की अपेक्षा होती है कि सरकार उनके हित में कार्य करे। दशकों से कुछ मुद्दे पेंडिंग में हैं। उन पर ठोस नीति बनाकर कार्य करेंगे तो जनता के मन, दिल में पार्टी और सरकार छा जाएगी। जैसे:

1. महंगाई कम कर उस पर लगाम लगाना,

2. बेरोजगारी दूर करना,

3. भ्रष्टाचार और मिलावटखोरी समाप्त करना,

4. लगभग बीस करोड़ निवेशकों की राशि सहारा इंडिया, एचबीएन आदि चिटफंड कंपनियों ने परिपक्वता के बावजूद निवेशकों को नहीं लौटाई। दस वर्षों से अधिक समय हो गया है, उन्हें ब्याज सहित लौटाने का कार्य करें।

यह कोई बड़े मुद्दे नहीं हैं। राजनीतिक पार्टियों के पास मंत्र है, अच्छी व्यक्तियों की फौज है। जनता के छोटे-छोटे काम करें, गरीबों की दुआ निश्चित मिलेगी। कितना बेहतर होगा!

भारतीय युवा उदासीनता में क्यों?

युवा देश का भविष्य होते हैं, कर्णधार होते हैं। यह बात राजनीतिक पार्टियों को अच्छी तरह समझनी चाहिए। उनकी दैनिक जरूरतें, आवश्यकताएं क्या हैं? वे क्या चाहते हैं? युवा वर्ग मतदान के प्रति उदासीन क्यों है?

भाजपा ने अपने घोषणा-पत्र में कहा था कि प्रति वर्ष दो करोड़ बेरोजगारों को नौकरी दी जाएगी, किन्तु पूरा कार्यकाल निकल गया और वे इसमें असफल रहे। समय-समय पर विपक्षी दल और अन्य संगठनों ने भी सत्ता पक्ष को याद दिलाने का प्रयास किया, किन्तु "औंधे घड़े पर पानी" यह बात चरितार्थ हुई।

18वीं लोकसभा चुनने के लिए बड़ी संख्या में युवा मतदान करें, इसलिए प्रधानमंत्री ने चुनाव आयोग के अभियान की प्रशंसा की - "मेरा पहला वोट, देश के लिए"। हाल ही में 18 वर्ष के होने वाले युवाओं पर इसका प्रभाव नजर नहीं आया। युवा वर्ग में 66.7 प्रतिशत ने मतदाता के रूप में खुद को पंजीकृत कराया है। युवाओं ने 2014 और 2019 के चुनाव में बढ़-चढ़ कर हिस्सा लिया और भाजपा की जीत में निर्णायक भूमिका निभाई। 2024 के चुनाव में युवाओं की भागीदारी चौंकाती है। आखिर युवा उदासीन और नाराज क्यों हैं?

अधिकांश युवाओं को नौकरी नहीं मिल रही है। स्टार्टअप कुछ चुनिंदा लोगों को (पहुंच वाले) को ही सहयोग मिल रहा है। आज भी युवा सरकारी दफ्तरों के चक्कर लगाने को मजबूर हैं। या तो रिश्वत दो, तो काम होगा, नहीं तो घूमते रहो। अधिकारी, मंत्री, नेताओं को कोई फर्क नहीं पड़ता है। युवा अपने आप को उपेक्षित महसूस कर रहा है। परिवार और समाज के ताने के साथ कठिन संघर्ष खत्म होने का नाम ही नहीं लेता। कई युवाओं को बिचौलिये अपने लच्छेदार, मधुर बातों में फंसाकर खुद मोटी रकम लेकर रफूचक्कर हो जाते हैं। युवा अपने आपको ठगा सा महसूस करता है और उसे न्याय नहीं मिलता।

आपराधिक मामले वाले सांसद

प्रत्याशी जब लोकसभा चुनाव लड़ता है, तो उसे सारी जानकारी चुनाव आयोग को लिखित में देनी होती है। इसमें कोई केस या प्रकरण चल रहा हो, उसकी जानकारी भी मुहैया करानी होती है। जनता को समाचार पत्र के माध्यम से यह जानकारी दी जाती है। अधिकांश प्रत्याशी अपनी अच्छी जानकारी तो समाचार-पत्र में बताते हैं, लेकिन आपराधिक पृष्ठभूमि की बात नहीं बताते। कुछ प्रत्याशी स्पष्ट रूप से बताते हैं और ऐसे प्रत्याशी अपने रसूख, सहानुभूति, और पार्टी के नाम पर अच्छे वोटों से निर्वाचित हो जाते हैं।

लोकसभा में सांसद शपथ ग्रहण समारोह में शपथ लेते हैं कि वे देशहित में कार्य करेंगे, समाज में भाईचारा कायम रखेंगे, द्वेष और वैमनस्यता की भावना नहीं रखेंगे, और ईमानदारी से कार्य करेंगे। लेकिन पांच वर्षों के दौरान अधिकांश सांसदों की आय में लाखों और करोड़ों का इजाफा हो जाता है। कोई इक्का-दुक्का ही सांसद पांच वर्षों में अपने जीवन में तरक्की नहीं कर पाता है। यह उनके असूलों, नियमों और ईमानदारी के कारण होता है। एक-दूसरे से ज्ञान अर्जित कर हाईकमान के आशीर्वाद से लाखों-करोड़ों कमाने का रास्ता उन्हें पता चल ही जाता है।

एसोसिएशन फॉर डेमोक्रेटिक रिफॉर्म्स (एडीआर) की रिपोर्ट बताती है कि उत्तर प्रदेश, बिहार, महाराष्ट्र समेत आधा दर्जन राज्यों के लगभग 50 प्रतिशत से ज्यादा सांसदों पर आपराधिक मामले चल रहे हैं। देश के निवर्तमान लोकसभा सांसदों में लगभग 44 प्रतिशत पर आपराधिक केस हैं। वहीं, 5 प्रतिशत सांसदों की संपत्ति 100 करोड़ से ज्यादा है। 2019 में जीते सांसदों के हलफनामों के विश्लेषण से यह रिपोर्ट बनाई गई है। इसके मुताबिक 514 सांसदों में से 225 (44 प्रतिशत) ने खुद पर आपराधिक मामले होने की जानकारी दी है।

इन पर हत्या, हत्या की कोशिश, सांप्रदायिक वैमनस्य को बढ़ावा देना, अपहरण, अतिक्रमण, दुष्कर्म के आरोप भी हैं। सांसद बनते ही खुद पर चल रहे प्रकरण के प्रति सतर्क हो जाते हैं। सांसद पद होने के कारण उनकी ताकत, रसूख, और रुतवा सब बढ़ जाता है। कई केस अदालत

से गवाह न होने और सबूत के अभाव में बरी हो जाते हैं। इनके साथ पार्टी खड़ी होती है। अच्छे वकीलों की फौज होती है और पदाधिकारी व कार्यकर्ताओं का सहयोग भी रहता है। वकील के माध्यम से गवाह के बयान बदले जाते हैं और पीड़ित को समझौता, राजीनामा करने के लिए मजबूर किया जाता है। इस प्रकार प्रकरण धीरे-धीरे खत्म हो जाते हैं। छवि साफ-सुथरी हो जाती है। कोई प्रकरण में पीड़ित नहीं मानता, ऐसे केस सालों साल चलते रहते हैं और वकील खुद तारीख पर तारीख देकर प्रकरण लंबा चलाते हैं।

ऐसे सांसदों के लिए राजनीतिक पार्टियां जिम्मेदार हैं, क्योंकि पूरी जानकारी होने के बाद भी पार्टी ने उसे प्रत्याशी बनाया। दूसरी गलती मतदाता ने की, जिसने उसे निर्वाचित किया। जनता को ऐसी पार्टी का विरोध करना चाहिए और साफ छवि वाले को ही पार्टी का टिकट दिया जाना चाहिए।

चुनाव में फ्री उपहार का लालच

चुनाव में कुछ पार्टियां चोरी-छिपे मतदाताओं को अपनी ओर आकर्षित करने और चुनाव जीतने के लिए हर प्रकार का हथकंडा अपनाती हैं। जिस घर में मतदाता ज्यादा हों (संयुक्त परिवार), उनसे संपर्क कर नगद राशि, साड़ी, अनाज आदि देकर वोट देने का वादा लिया जाता है।

दूसरी संस्थाओं के माध्यम से भंडारे का आयोजन कर स्वयं राशि खर्च करती हैं ताकि चुनाव आयोग और विपक्षी पार्टी से बचा जा सके। कुछ बर्तन, कपड़े आदि बांटने का कार्य भी करती हैं। 18वीं लोकसभा के चुनाव के दौरान नकदी, मुफ्त उपहार, फ्री बीज, ड्रग्स, और सोने-चांदी का लेनदेन जारी है। सख्त निगरानी के चलते 1 मार्च से 13 अप्रैल तक 4658.16 करोड़ रुपये की जब्ती हुई है। यह आंकड़ा भारतीय चुनाव इतिहास में सबसे बड़ा है। पिछली बार यानी 2019 के पूरे आम चुनाव में जितनी राशि जब्त हुई थी, उससे 800 करोड़ रुपये ज्यादा की जब्ती इस बार 45 दिनों में ही हो चुकी है। आयोग ने कहा कि 1 मार्च के बाद रोज 100 करोड़ रुपये से ज्यादा की जब्ती हो रही है। गुजरात में सबसे ज्यादा 485 करोड़ रुपये की ड्रग्स पकड़ी गई। राजस्थान में सर्वाधिक 533 करोड़ रुपये के मुफ्त उपहार जब्त हुए। तमिलनाडु में सर्वाधिक 75 करोड़ रुपये की कीमती धातुएं, 53 करोड़ रुपये का कैश भी जब्त हुआ। पिछली बार कैश ज्यादा था, इस बार उपहार ज्यादा रहे हैं।

मद	2024	2019
ड्रग्स	2068	1279
सामान	1142	60
धातु	562	987

मद 2024	2019	2024
शराब	489	304
नकद	395	84

राजनीति एवं खेलों में परिवारवाद

राजनीति में तो परिवारवाद का बोलबाला है ही। पच्चीस-पच्चीस, तीस-तीस वर्षो से बड़े पद पर विराजमान सांसद-विधायक चार-चार, पांच-पांच या उससे भी अधिक बार जमे हैं। इनके अलावा इनको दूसरा कोई दावेदार नजर ही नहीं आता। जैसे खेलों में भी अंगद की तरह पांव जमा लिए हैं। भले ही खेल की जानकारी नहीं हो, खेल खेलना न आता हो, किन्तु किसी एसोसिएशन के अध्यक्ष या सचिव बने हुए हैं।

खेलों में भी परिवारवाद वर्षो से चल रहा है। जिस खेल से दूर-दूर तक नाता नहीं, उसके संगठन में पिता के बाद बेटे-बेटी को कमान सौंपी जा रही है। गोदी मीडिया प्रशंसा कर रहा है। म.प्र. क्रिकेट संघ में पिता के बाद पुत्र और फिर पोता मैदान में है। कबड्डी में पिता के बाद पुत्र कमान संभाल रहे हैं। ताइक्वांडो में दस साल तक आईपीएस पिता रहे, अब बेटी को काबिज कर दिया गया। फुटबॉल में पिता आजीवन सचिव रहे, अब बेटे संघ के सचिव हैं।

अध्यक्ष या सचिव उसे होना चाहिए जिसे उस खेल की अच्छी समझ हो, और जो उस खेल में निपुण हो। खेल कैरियर के दौरान कई तरह के संघर्ष और परेशानियों से गुजरना पड़ता है, इसलिए वह उनका निराकरण अच्छे से कर सकता है। सिर्फ मात्र ही नहीं, पूरे देश में ऐसा ही होना चाहिए ताकि खेल ऊपर आ सके। यह उद्गार भारतीय ओलंपिक संघ की प्रेसिडेंट और पूर्व भारतीय एथलीट पी.टी. उषा के हैं।

कई जानकार और खेलप्रेमियों की यही राय है कि जो जिस खेल में पारंगत हो, उसे ही उस खेल की कमान सौंपनी चाहिए। इसमें परिवारवाद और वंशवाद की कोई जगह नहीं होनी चाहिए ताकि खिलाड़ी निर्भीक होकर अच्छा प्रदर्शन कर प्रदेश और देश का नाम रोशन कर सके।

महंगे होते आम चुनाव

भारत देश के 140 करोड़ की आबादी वाले लगभग 97 करोड़ मतदाताओं के लिए चुनावी प्रक्रिया को सकुशलता से संपन्न कराना किसी बड़ी उपलब्धि से कम नहीं है। इसके लिए मतदान केंद्रों की व्यवस्था करना, चुनाव कर्मचारियों और सुरक्षा बलों की तैनाती करना, ईवीएम का रखरखाव, प्रशिक्षण, विज्ञापन, वीडियोग्राफी, प्रशासनिक कार्य आदि पर भारी व्यय करना पड़ता है। दिनोंदिन चुनाव प्रणाली बहुत महंगी होती जा रही है।

सरकारी खर्च, राजनीतिक पार्टियों और अन्य उम्मीदवारों के खर्च को जोड़ दिया जाए तो यह बहुत ज्यादा हो जाता है। इससे न सिर्फ चुनावी लागत बढ़ रही है, बल्कि देश के विकास कार्य भी प्रभावित हो रहे हैं। 2014 में लगभग 30 हजार करोड़ रुपये खर्च हुए थे। 2019 में लगभग 60 हजार करोड़ रुपये खर्च हुए। सेंटर फॉर मीडिया स्टडीज की नवीनतम रिपोर्ट के अनुसार 2024 के लोकसभा चुनाव में लगभग 1.20 लाख करोड़ रुपये से ज्यादा खर्च होंगे। इसमें विधानसभा चुनावों में होने वाले व्यय को शामिल कर लिया जाए तो यह राशि दोगुने से भी अधिक हो जाती है, जो कई देशों की जीडीपी के बराबर है।

1952 में होने वाले देश के पहले लोकसभा चुनाव में प्रति व्यक्ति खर्च छह पैसे था। 2024 के चुनाव में बढ़कर करीब 47 रुपये पहुंच गया है। इस बार यह बढ़कर 52 रुपये हो जाने का अनुमान है, जबकि इस दौरान देश की आबादी भी खासी बढ़ी है। खर्चीले चुनाव के मामले में अमेरिका ही भारत से आगे है। उल्लेखनीय है कि सरकार 80 करोड़ गरीबों को तीन महीने मुफ्त अनाज देने पर लगभग 46 हजार करोड़ रुपये व्यय करती है। इस समस्या का निदान किया जाना चाहिए। 'एक देश, एक चुनाव' इस पर भी गहनता से विचार होना चाहिए। चुनाव आयोग को यह भी सुनिश्चित करना चाहिए कि दलों और उम्मीदवारों को मिलने वाले धन और उसके व्यय में पारदर्शिता हो।

ईवीएम का बड़ा फायदा

ईवीएम (इलेक्ट्रॉनिक वोटिंग मशीन) अक्सर आरोपों की वजहों से सुर्खियों में रहती है, लेकिन इसका सबसे बड़ा फायदा यह है कि इससे इनवैलिड वोट की समस्या पूरी तरह खत्म हो गई है। पहले जब बैलेट पेपर (कागज के मतपत्र) से वोट डाले जाते थे, तब एक से अधिक जगहों पर निशान या क्रॉस लग जाने के कारण बड़ी संख्या में वोट निरस्त होते थे। मामूली अंतर होने पर धांधली के जरिए महज कुछ वोटों को निरस्त कर किसी भी जीत को हार में बदला जा सकता था। लेकिन ईवीएम ने यह समस्या पूरी तरह खत्म कर दी है। इसके साथ ही मतगणना में लगने वाला 30 से 40 घंटे का समय घटकर औसतन 4 घंटे में सिमट गया है।

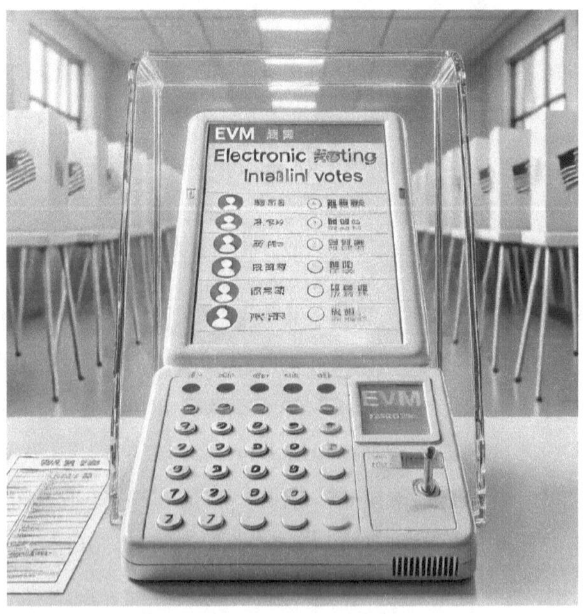

वोट बैंक की राजनीति

कुछ राजनीतिक पार्टियां चुनाव से एक वर्ष पहले से ही धर्म, जाति, प्रांतवाद के नाम पर भोली-भाली जनता को भड़का कर वोट की राजनीति का खेल खेलती हैं। एक-दूसरे को धर्म के नाम पर लड़ाना उनके बाएं हाथ का खेल होता है। आपने देखा होगा या समाचार पत्र में पढ़ा होगा कि मवेशियों से भरा ट्रक पकड़ा जाता है। पुलिस कार्रवाई होती है, और अगर चालक दूसरी जाति का हो तो मीडिया में हेडलाइन बन जाती है। ये ही नेता और कार्यकर्ता थाने पहुंचकर राजनीति करते हैं। कभी मंदिर के पास गौमाता का मांस फेंका जाता है या अन्य धार्मिक जगह सूअर का मांस फेंका जाता है। ऐसे समय में धर्म के नाम पर कुछ बड़ा हंगामा होता है और राजनेता अपनी रोटी सेक कर वोट बैंक मजबूत कर सकते हैं।

राजनेता ऐसे प्रकरणों पर मीडिया में अपने हिसाब से बयानबाजी करते हैं और माहौल अपने पार्टी के पक्ष में करने का कार्य करते हैं। इस खेल में वे चतुर खिलाड़ी होते हैं और अपने आपको सर्वश्रेष्ठ खिलाड़ी घोषित करने का कार्य करते हैं। कभी-कभी इस खेल में जनभावना इतनी अधिक भड़क जाती है कि जातीय संघर्ष शुरू हो जाता है। इसका उदाहरण मणिपुर राज्य है, जहां चार माह से कई जिलों में आग, लूटपाट, और हत्या हो रही थी। महिलाओं के साथ अन्याय और अत्याचार हो रहा था, और कर्फ्यू लग गया। राज्य और केंद्र शासन ने कड़ी कार्रवाई कर स्थिति को नियंत्रण में किया।

कई बेगुनाह मारे गए। जनहानि और वित्तहानि भी हुई। जांच बिठाई जाती है, छानबीन होती है, और कुछ को मुआवजा और सहायता का ऐलान होता है। अन्य जगहों पर भी ऐसा होता है। राजनेता पीड़ितों के पास पहुंच जाते हैं, सहानुभूति व्यक्त करते हैं, और मदद का आश्वासन देते हैं। कुछ जनता से चंदा करते हैं, कुछ पार्टी फंड से प्रदत्त खाद्य सामग्री और कपड़े आदि का वितरण करते हैं। किन्तु इस खेल में जनता बुरी तरह आहत होती है। उनका नुकसान होता है, बेकसूरों की बलि चढ़ जाती है, और जनहानि और वित्तहानि होती है। आखिर इसका जिम्मेदार कौन ?

लोकलुभावन वादे

18वीं लोकसभा 2024 चुनाव में सभी पार्टियों के साथ निर्दलीय उम्मीदवार भी मतदाता हेतु अनेक वादे, गारंटी, और लोकलुभावन घोषणाएं करते हैं। वे जीतकर आने पर बहुत कुछ करने का वादा करते हैं। मोदी की गारंटी के मुकाबले दीदी की गारंटी, अन्य राज्यों के लोकल मुद्दे, और कुछ पार्टियां खास कर महंगाई, बेरोजगारी, भ्रष्टाचार, और महिला शोषण का उदाहरण पेश करते हैं।

यूपीए सरकार में रसोई गैस 440 रुपये थी, जो आज 1130 रुपये हो गई है। पेट्रोल 70 रुपये और डीजल 60 रुपये प्रति लीटर था, जो आज पेट्रोल 110 रुपये और डीजल 100 रुपये प्रति लीटर के लगभग है। जरूरत की चीजों के दाम आसमान छू रहे हैं। यूपीए सरकार में रसोई गैस 440 रुपये थी। भाजपा नेत्री स्मृति ईरानी को 440 रुपये का झटका लगा और वे यूपीए सरकार के खिलाफ धरने पर बैठ गई थीं। खुद की सरकार ने रसोई गैस 1130 रुपये कर दी और मैडम के मुंह से आवाज नहीं निकल रही थी। मंत्री पद पर रहते हुए वे आये दिन विपक्ष से मीडिया द्वारा सवाल करती थीं।

प्रति वर्ष दो करोड़ बेरोजगारों को कार्य, 15 लाख हर परिवार के खाते में, "बेटी बचाओ, बेटी पढ़ाओ" जैसी सभी घोषणाएं फेल हो गईं। सभी 'जुमलेबाजी' बनकर रह गईं। मणिपुर की महिलाओं पर लगभग तीन माह तक अन्याय और अत्याचार होता रहा। देश की महिला पहलवान जिन्होंने देश का नाम और मान बढ़ाया, उनके साथ लगभग तीन माह तक अन्याय और अत्याचार होता रहा। उनकी कोई सुनवाई नहीं हुई। वे न्याय के लिए धरना और प्रदर्शन करती रहीं। उनका टेंट उखाड़ दिया गया और महिला पहलवानों को निर्दयता के साथ घसीटा गया। सुप्रीम कोर्ट ने संज्ञान लेने के बाद उनकी सुनवाई की। विपक्ष पार्टी, जनता, और सामाजिक संगठन सभी महिला पहलवान के पक्ष में आ गए। तब सत्ता पक्ष की नींद खुली।

जनता इस बार सजग और सतर्क है और वह अपना वोट सोच-समझकर ही देगी। वादे तो वादे होते हैं। जनता अब यह अच्छी तरह जान गई है कि केवल चुनाव के वक्त ही प्रत्याशी और पार्टी कार्यकर्ता उनकी घर की चौखट पर वोट मांगने आते हैं। फिर पांच साल तक अधिकांश प्रत्याशी और कार्यकर्ता मतदाता का हालचाल लेने नहीं पहुंचते। कभी-कभी बड़ी घटना क्षेत्र में होने पर उस घटना को पार्टी नजरअंदाज करने की कोशिश करती है। उनका तर्क होता है कि वहां से पार्टी को वोट नहीं मिले। कुछ पार्टी तो चुनाव बाद खुद के वादे, घोषणा, और गारंटी भूल जाती हैं। उन्हें याद दिलाने पर वह कहती हैं कि वह तो जुमला था। आपने उसे क्यों नहीं समझा, यह आपकी गलती है।

गलत बयान से खिसकता वोट बैंक

चुनावों में अक्सर नेता लोग बिना सोचे-समझे कोई सा भी बयान कभी भी मीडिया को दे देते हैं। जब विरोधी पार्टी उनके ही बयान को हथियार बनाकर उन पर ही वार करती है और जनमानस में पार्टी की छवि खराब होती है, तो पार्टी प्रवक्ता को यह बयान देना पड़ता है कि यह उनके निजी विचार हैं और पार्टी उस बयान से पल्ला झाड़ लेती है।

"तीर कमान से और बात जुबान से" निकलने पर वापस नहीं आती। घायल व्यक्ति इलाज से ठीक हो सकता है, किन्तु कड़वी बात से व्यक्ति जीवनभर आहत रहता है। महाभारत का उदाहरण ज्यादा चर्चित है। द्रौपदी ने दुर्योधन को पानी में गिरने पर कहा था, "अंधे का पुत्र अंधा" और जोर-जोर से हंसकर दुर्योधन का अट्टहास, अपमान किया था और लज्जित किया था। इस घटना को युवराज दुर्योधन भूलकर भी नहीं भूल पा रहे थे। बयान हो या कटु वाक्य, व्यक्ति और जनता नहीं भूलती और यह बयान द्वेष और ईर्ष्या को पनपाते हैं जिसकी परिणिति युद्ध में हो जाती है, जैसा महाभारत में हुआ सर्वनाश।

कई राजनेता वक्त की नजाकत को समझते हुए अपने बयान पर समय रहते शीघ्र मीडिया के माध्यम से व्यक्ति और जनता से माफी मांग लेते हैं और कहते हैं कि उनका इरादा व्यक्ति, समाज, और जनता का अपमान करना नहीं था। अगर अनजाने में किसी को ठेस लगी हो तो वे खेद व्यक्त करते हैं और मामला रफा-दफा करते हैं।

गलत और द्वेषपूर्ण बयान से समाज और जनता में कटुता बढ़ती है और साथ में उस पार्टी का वोट बैंक जबरदस्त तरीके से खिसक जाता है। वहीं, अच्छे बयान से जनता और समाज के हित में व्यक्ति और पार्टी जगह बना लेते हैं और उनका वोट बैंक बढ़ जाता है।

काफी पुरानी बात है, गर्मी का समय था। महाराष्ट्र के लातूर, सातारा और अन्य क्षेत्रों में भीषण जल संकट था। जनता जल संकट से ग्रस्त थी। वे एक राजनेता के पास मोर्चा (रैली) लेकर गए

और राजनेता से क्षेत्र के जल संकट को दूर करने का निवेदन किया। राजनेता उत्तेजित होकर गलत शब्द का प्रयोग जनता से कर दिया। मीडिया उपस्थित था। दूसरे दिन उस राजनेता का बयान अखबार की हेडलाइन बन गया। राजनेता और पार्टी की बहुत किरकिरी हुई। बाद में उस नेता ने खेद व्यक्त किया। समय रहते फिल्म अभिनेता सलमान खान ने एनजीओ के माध्यम से उस क्षेत्र के लिए पांच टैंकर पानी भिजवाने की व्यवस्था की, जो मदद करने का अच्छा तरीका रहा।

गठबंधन का दौर शुरु

श्रीपी.वी. नरसिम्हाराव और श्री अटल बिहारी वाजपेयी ने गठबंधन सरकारों का कुशलता से संचालन किया और आवश्यक सुधारों को भी आगे बढ़ाया। डॉ. मनमोहन सिंह ने भी दस वर्षों तक गठबंधन सरकार का संचालन किया, लेकिन उन्हें कई बार सहयोगी दलों के अनुचित दबाव में झुकना पड़ा। पूर्व प्रधानमंत्री श्री अटल बिहारी वाजपेयी भी गठबंधन सरकार की चुनौतियों से जूझते रहे, लेकिन श्री मोदीजी की स्थितियां भिन्न हैं। वे राजनीति के धुरंधर खिलाड़ी हैं और श्री अमित शाह राजनीति के चाणक्य, राजनीतिक जोड़-तोड़ के खिलाड़ी हैं। गठबंधन सरकार बनाना भाजपा की मजबूरी हो गई। निश्चित रूप से पूर्ण बहुमत के साथ सहयोगी दलों के साथ सरकार चलाने और अल्पमत में सहयोगियों के साथ सरकार चलाने में बड़ा फर्क है। सवाल उठाया जा रहा है कि पूर्ण बहुमत वाले दो कार्यकालों में देशहित के बड़े फैसले लेने वाली भाजपा क्या गठबंधन के सहयोगियों के दबाव के बीच शासन करने में खुद को सहज महसूस कर सकेगी ?

बड़े और कड़े फैसले लेने से पहले सहयोगियों को विश्वास में लेना होगा। भाजपा बहुमत के आंकड़े से दूर है, किंतु सबसे बड़ी पार्टी बनी है। उसे सहयोगी दलों के साथ गठबंधन सरकार बनाकर चलाना होगा। गठबंधन सरकार का संचालन करने का अनुभव न होने के बावजूद प्रधानमंत्री मोदी को अपने तीसरे कार्यकाल को आगे बढ़ाने में किसी बाधा का सामना नहीं करना होगा। मोदीजी के पास पहले मुख्यमंत्री और फिर प्रधानमंत्री के रूप में सत्ता संचालन का व्यापक अनुभव है। उनके पास गठबंधन सरकार चलाने का अनुभव भले न हो, लेकिन उनके राजनीतिक अनुभव का कोई सानी नहीं है। वे तमाम चुनौतियों के बावजूद बड़े और कड़े फैसले लेने में सक्षम हैं। गठबंधन सरकार के कुछ नकारात्मक पक्ष होते हैं। कभी-कभी सहयोगी दल अपनी गैर जरूरी मांगों से सरकार चलाने में कठिनाई पैदा कर सकते हैं। उन्हें इसका अच्छी तरह भान है। उम्मीद है गठबंधन सरकार सभी का सहयोग लेकर देश की प्रगति और विकास के मार्ग पर चलकर अपना कार्यकाल पूर्ण करेगी।

अच्छे प्रत्याशियों की कमी

चुनाव लड़ रहे प्रत्याशियों के इतिहास पर अगर आप ध्यान देंगे, तो आप दंग रह जाएंगे। पार्टी चाहे कोई भी हो, वह प्रत्याशियों का चयन गंभीरता से नहीं करती। वे अपने बयान में भले ही लाख कहें कि हमने पारदर्शिता के साथ अच्छे प्रत्याशियों का चयन किया, किन्तु हकीकत कुछ और होती है। अगर किसी पार्टी ने गुंडे प्रत्याशी को टिकट दिया है, तो दूसरी पार्टी उससे भी बड़े गुंडे को टिकट देकर चुनाव मैदान में खड़ा करती है, जिससे मतदाताओं के लिए असमंजस की स्थिति रहती है। "एक जगह सापनाथ दूसरी जगह नागनाथ" - वह किसका चयन करें ?

चुनाव के दौरान सभी प्रत्याशियों की भाषा मधुर हो जाती है और बोलचाल में बहुत परिवर्तन आ जाता है। पूरे शहर को डराने वाले (भाई) का अचानक हृदय परिवर्तन कैसे हो गया ? यह बदलाव किस बात का संकेत देता है, क्योंकि इस सब के पीछे राजनीतिक पार्टी की पूरी योजना होती है। वहीं उसे मार्गदर्शन करते हैं और रत्ना डाकू से ज्ञानी बाल्मीक बनाने का कार्य करते हैं। किन्तु यह कलयुग है, राजनेताओं के दो माह जगह-जगह घूमना, आमसभा, नुक्कड़ सभा दौरों से हर तरह से उनमें परिवर्तन आ जाता है।

चुनाव जीतने के बाद प्रत्याशी (सांसद) पार्टी के राजनेता पर ही हावी हो जाता है। पहले उन्हीं को सबक सिखाने लग जाता है। वह यह भूल जाता है कि पार्टी के टिकट और उनके अंदर के गुण्डा जाग जाता है। वह अपने हिसाब से सिस्टम चलाता है, क्योंकि जनता द्वारा ही उसे भारी मतों से "विजयश्री" दिलाकर पावर से नवाजा गया।

ए.डी.आर की रिपोर्ट के मुताबिक 199 उम्मीदवार ऐसे हैं जिन पर क्रिमिनल केस दर्ज हैं। वहीं 155 उम्मीदवार भी हैं जिन पर हत्या, किडनेपिंग, रंगदारी, वसूली, डराना-धमकाना, अवैध कब्जा आदि जैसे गंभीर मामले दर्ज हैं। इनमें 13 उम्मीदवारों को किसी न किसी मामले में दोषी ठहराया गया है। चार उम्मीदवारों पर हत्या, 21 पर हत्या की कोशिश के मामले दर्ज

हैं। महिलाओं के खिलाफ अपराध के मामले 27 उम्मीदवारों पर दर्ज हैं। तीन उम्मीदवारों के खिलाफ दुष्कर्म (आई.पी.सी. 376) का केस दर्ज है, जबकि 25 उम्मीदवारों पर भड़काऊ भाषण देने का केस दर्ज है।

यही उम्मीदवार अगर चुनाव जीतकर आते हैं, तो सरकार में मंत्री बन जाने या अच्छे पद पर ताजपोशी होती है। कुल मिलाकर उनका रसूख (पावर) बढ़ जाता है। यह अपने पावर से अपना केस कमजोर कर देते हैं। गवाहों को धमकाकर बयान बदल दिए जाते हैं। सबूत मिटाए जाते हैं और अच्छे वकील उनकी पैरवी करने तैयार रहते हैं, जो अपनी कुटिलता से अपराधी तत्व को बाईज्जत बरी करने में माहिर होते हैं। अगर मामला ज्यादा गंभीर है, तो सालों-साल कोर्ट में चलता रहता है। छोटी कोर्ट से जिला कोर्ट, जिला कोर्ट से हाई कोर्ट और सालों-साल मामला चलने से पीड़ित भी दबाव और परेशानी में हार मान लेता है और अपराधी तत्व की बढ़त हो जाती है। प्रत्याशी पर कोई फर्क नहीं पड़ता। फर्क पड़ता है पीड़ित व्यक्ति, समाज, जनता, और कानून व्यवस्था पर।

इसलिए आम मतदाता में चुनाव हेतु रुचि नहीं होती। आखिर लोकतंत्र में सुधार होना दूर की "कौड़ी" ही लगता है। अच्छे उम्मीदवार हैं, किन्तु पार्टी उन्हें पसंद नहीं करती। उन्हें घर का संपन्न, करोड़पति, साधन-संसाधन से युक्त, जैसे हजार-पांच सौ की फौज उसके साथ हो, दबंग हो, मतदाता भयभीत रहे और मुंह न खोले। "भय बिन प्रीत न होय" - सारा काम आसान हो।

चिल्लर को बनाया पब्लिसिटी स्टंट

कोई भी चुनाव हो, नगर पंचायत से लेकर लोकसभा तक हर प्रत्याशी अखबारों की सुर्खियों में बना रहना चाहता है। कोई न कोई हथकंडा अपनाता है ताकि सहानुभूति भी मिले। हाल ही में 18वीं लोकसभा हेतु नामांकन फार्म खरीदने के लिए भोपाल के दो प्रत्याशी और जबलपुर का एक प्रत्याशी कलेक्टर कार्यालय चिल्लर की बोरियां लेकर पहुंच गए।

भोपाल लोकसभा सीट से उम्मीदवारी करने वाले दो अभ्यर्थी बोरी में सिक्के लेकर कलेक्ट्रेट ऑफिस पहुंचे। 25-25 हजार रुपये की चिल्लर गिनने में भी दोपहर के तीन बज गए और नामांकन का समय निकल गया। एक प्रत्याशी तो बेटे-बेटी के साथ 24 हजार रुपये की चिल्लर बोरियों में लेकर नामांकन भरने पहुंचे थे।

मानव समाधान पार्टी के प्रत्याशी संजय सरोज नामांकन लेने पहुंचे थे। वे 24 हजार रुपये की चिल्लर और 500 के दो नोट लेकर आए थे। सरोज ने बताया कि उन्होंने चुनाव लड़ने के लिए चार साल में चिल्लर इकट्ठा की है। वे ऑटो चलाते हैं। वहीं आर.के. महाजन जबलपुर से निर्दलीय प्रत्याशी श्री विनय चक्रवर्ती 25 हजार रुपये की चिल्लर लेकर कलेक्टर कार्यालय पहुंचे। अखिल भारतीय आरक्षित समाज पार्टी के श्री मुदित चौरसिया ने भी नामांकन भरा और वे 1, 2, 5, 10 और 20 रुपये के सिक्के थैलियों में लेकर पहुंचे।

भारतीय मुद्रा होने के कारण लेने से इंकार भी नहीं कर सकते थे। चिल्लर स्वीकार कर सभी को नामांकन फार्म दिया गया। जानकारों का कहना है कि उम्मीदवारों ने इसे पब्लिसिटी स्टंट का जरिया बना लिया है।

95 लाख तक खर्च करने की छूट

18वीं लोकसभा चुनाव के नामांकन फार्म सामान्य प्रत्याशी हेतु 25 हजार रुपये जमानत राशि और एस.सी./एस.टी. प्रत्याशी के लिए 12,500 रुपये जमा कराने होंगे। कुल वोटों का दस प्रतिशत से कम वोट मिलने पर वह राशि जब्त की जाती है।

इसी तरह लोकसभा चुनाव में प्रत्याशियों द्वारा 95 लाख रुपये चुनाव प्रचार हेतु खर्च किए जा सकते हैं, लेकिन इसके लिए उन्हें अलग से अपना बैंक खाता खुलवाना होगा। मुख्य निर्वाचन अधिकारी श्री अनुपम राजन के अनुसार, भारत निर्वाचन आयोग द्वारा अभ्यर्थी के लिए चुनाव प्रचार व्यय की सीमा 95 लाख रुपये निर्धारित की गई है। इसके लिए अभ्यर्थी को बैंक में एक पृथक खाता खोलना आवश्यक है। रिटर्निंग अधिकारी से प्राप्त निर्वाचन व्यय रजिस्टर में सभी दैनिक व्यय का लेखा-जोखा रखना होगा।

सभी पोस्टर, बैनर, पम्पलेट, हैंडबिल, झंडे, चाहे वे नाम निर्देशन के पहले मुद्रित/प्रकाशित किए गए हों, परंतु नाम निर्देशन के बाद उपयोग/प्रदर्शित किए जा रहे हों, यह सभी अभ्यर्थी के निर्वाचन व्यय में जुड़ेंगे। भाड़े पर लिए गए व्यावसायिक वाहनों के लिए सभी खर्च प्रचार व्यय लेखा में शामिल किया जाएगा। अभ्यर्थी द्वारा भाग ली गई रैली, प्रदर्शित फोटो, मंच साझा करने आदि पर किए गए सभी

व्यय भी अभ्यर्थी के चुनाव प्रचार व्यय लेखा में जोड़े जाएंगे। चुनाव के उपरांत संपूर्ण व्यय का ब्यौरा जिला निर्वाचन कार्यालय में पेश करना होगा।

हार कर भी हार न मानने वाले चुनावी योद्धा

तमिलनाडु प्रदेश के धर्मपुरी क्षेत्र से आगामी लोकसभा चुनाव के लिए श्री के.के. पद्मराजन निर्दलीय प्रत्याशी के रूप में चुनाव लड़ रहे हैं। जो चौंकाने वाली बात यह है कि वह इस चुनाव से पहले 238 बार मैदान में उतर चुके हैं, लेकिन उन्हें हर बार हार का सामना करना पड़ा है। बावजूद इसके वे अभी भी पीछे हटने को तैयार नहीं हैं। श्री पद्मराजन ने पहला चुनाव मैसूर से 1988 में लड़ा था। पद्मराजन पूर्व पी.एम. मा. अटल बिहारी वाजपेयी, श्री लालकृष्ण आडवाणी, करूणानिधि, जयललिता और पी.एस. येदियुरप्पा के खिलाफ चुनाव लड़ चुके हैं।

देश के दूसरे उम्मीदवार नागरमल काजौरिया उर्फ धरती पकड़ कश्मीर से लेकर कन्याकुमारी तक चुनावी समर का हिस्सा बन चुके हैं। वे 281 बार चुनाव लड़ चुके हैं। गौर करने वाली बात यह है कि पंचायत से लेकर राष्ट्रपति पद तक 282 बार चुनाव लड़ चुके हैं और हर बार हार ही नसीब हुई है। लेकिन उन्होंने हार कभी नहीं मानी। जीवन में एक बार भी चुनाव नहीं जीते। हर बार चुनाव हारने के बाद पुनः नये सिरे से चुनाव हेतु पुनः जोर-शोर से तैयारी शुरू करते हैं।

उनका कहना है कि मैं लोकतंत्र में एक आम आदमी की अहमियत को बराबर और साबित करना चाहता हूं। जीत-हार की मेरी जिंदगी में कोई अहमियत नहीं है। मैं सोसायटी को ताउम्र यह संदेश देने की कोशिश में जुटा रहा कि देश और लोकतंत्र में सबकी अहमियत बराबर है। भारत-पाकिस्तान बंटवारे के समय पाकिस्तान से आए और बिहार राज्य के भागलपुर में ही बस गए। गजब का योद्धा जज्बा, जुनून।

नाराज मतदाता नोटा को वोट दे रहे

एक ही क्षेत्र से चार-चार, पांच-पांच बार प्रत्याशी सांसद पद हेतु निर्वाचित होते हैं। कुछ तो सात-सात, आठ-आठ बार निर्वाचित होते हैं। उनकी पार्टी की सरकार भी बन जाती है, कभी-कभी उन्हें मंत्री पद भी हाई कमान के आशीर्वाद से प्राप्त होता है, किन्तु क्षेत्र का विकास नहीं होता। जनता के समय पर कोई भी कार्य नहीं होते। महंगाई, बेरोजगारी, और भ्रष्टाचार चरम पर होते हैं। कोई भी काम बिना रिश्वत के नहीं होता।

देश में लगभग बीस करोड़ निवेशकों की राशि मेच्योरिटी (परिपक्वता) होकर दस वर्षों से अधिक समय हो गया है। मामला सुप्रीम कोर्ट में लंबित होकर चार वर्षों से ज्यादा समय हो गया है। कोई निर्णय नहीं हुआ। केवल तारीख पर तारीख मिलती है। निवेशक हताश और दुखी हैं। कुछ नहीं हो रहा है। निवेशकों ने धरना, प्रदर्शन, आवेदन, और निवेदन किया है।

निर्वाचित विधायक, सांसदों, और सरकार की जानकारी में है, किन्तु निवेशकों को न्याय नहीं मिल रहा है। सत्ता पक्ष का नारा 'सबका साथ, सबका विकास' विकास की बात तो दूर, निवेशकों की गाढ़ी कमाई की राशि नहीं मिल रही है। इसके लिए आखिर जिम्मेदार कौन?

अंधभक्तों का जरूर विकास हो रहा है, लेकिन मध्यमवर्गीय शरीफ जनता की कोई खबर लेने वाला नहीं है। खुशामद के चलते मतदाताओं ने अलग रुख अपनाया है। 2019 के चुनाव में देश में 65 लाख वोटरों को कोई प्रत्याशी पसंद नहीं आया। मध्यप्रदेश में 3.40 लाख वोटरों ने नोटा (NOTA) को चुना था।

नोटा का असर

चुनाव आयोग की अनुशंसा और याचिकाओं पर सुप्रीम कोर्ट के आदेश के बाद 2013 में नोटा (None of the Above) का विकल्प मिला। पहले यह 13 देशों में था। कुछ देशों में नोटा का राइट टू रिजेक्ट का अधिकार है। नोटा के प्रत्याशी से ज्यादा वोट मिलने पर चुनाव रद्द होता है। भारत में ऐसा नहीं है, जबकि यहां भी यही कानून लागू होना चाहिए। सिर्फ वोट गिने जाते हैं, नतीजों पर इसका असर नहीं पड़ता है।

नोटा का नया रिकॉर्ड

मध्यप्रदेश के इंदौर क्षेत्र से श्री शंकर लालवानी को 12 लाख 26 हजार 751 वोट प्राप्त हुए, जबकि उनके निकटतम प्रतिद्वंदी बसपा के श्री संजय सोलंकी को मात्र 51 हजार 659 वोट ही मिले। श्री शंकर लालवानी ने 11 लाख 75 हजार 92 वोटों से देश में सर्वाधिक मतों से चुनाव जीता। इसके अलावा इंदौर के नाम नोटा (इनमें से कोई नहीं) को सबसे ज्यादा वोट मिलने का रिकॉर्ड दर्ज हो गया। यहां दो लाख 18 हजार 674 लोगों ने नोटा का विकल्प चुना, जो अब तक हर चुनाव में नोटा को किसी भी विधानसभा और लोकसभा चुनाव में मिले सर्वाधिक मत हैं। वर्ष 2019 के चुनाव में बिहार के गोपालगंज में नोटा को सबसे अधिक 51 हजार 660 मत मिले थे।

प्रत्याशियों की बहानेबाजी

18वीं लोकसभा में गुजरात राज्य के सूरत क्षेत्र से कांग्रेस प्रत्याशी का फार्म रद्द हो गया। बसपा के श्री प्यारेलाल और अन्य निर्दलीय प्रत्याशियों ने अपने नाम वापस लेने से भाजपा प्रत्याशी श्री मुकेश दलाल निर्विरोध निर्वाचित हो गए। मध्यप्रदेश के इंदौर क्षेत्र से कांग्रेस प्रत्याशी अक्षय बम ने अपना नामांकन वापस लेकर भाजपा की सदस्यता ग्रहण कर ली, जिससे यहां भाजपा प्रत्याशी श्री शंकर लालवानी की जीत सुनिश्चित हो गई और वे भारी मतों से विजयी भी हुए।

उड़ीसा राज्य के पुरी लोकसभा क्षेत्र से प्रत्याशी हेतु कांग्रेस ने सुचारिता मोहंती को टिकट दिया था। सुचारिता मोहंती ने टिकट लौटाते हुए अपनी उम्मीदवारी वापस ले ली। कांग्रेस प्रत्याशी ने पैसों की कमी का हवाला देते हुए मैदान छोड़ा और चुनाव लड़ने से इंकार कर दिया और कांग्रेस महासचिव के.सी. वेणुगोपाल को इस संबंध में चिट्ठी लिखकर अपने फैसले से अवगत करा दिया।

देश की तीन जगह कांग्रेस प्रत्याशियों की अलग-अलग कैफियत रही और ऐन चुनाव के वक्त हजारों जमीनी कार्यकर्ता, पदाधिकारी, और विधायक, सांसद सक्रिय प्रतिनिधि पलायन कर सीधे भाजपा ज्वाइन कर रहे हैं, जिससे कांग्रेस की ताकत कम और भाजपा की ताकत चुनाव में बढ़ रही है।

योजनाबद्ध कार्य प्रगति

भाजपा ने लोकसभा की चुनावी तैयारी जोर-शोर से शुरू कर दी है। वैसे भी चुनाव से पूर्व कई महीनों से अंदरूनी रूप से तैयारी में कमी थी। 100 दिन पहले रणनीति तय कर दी गई थी। प्रधानमंत्री नरेंद्र मोदी के 'विजन' पर प्रकाश डाला गया। राजनीति को आगे बढ़ाकर भाजपा की जनहित नीति जनता के समक्ष रखने का कार्य करने को कहा गया। कार्यकर्ता और पदाधिकारी संगठित होकर अधिक मेहनत करें। हर बूथ से 370 वोट बढ़ाने का टारगेट भी दिया गया।

प्लानिंग में सारे मतभेद भूलकर सभी पार्टी हित में कार्य करें। 100 दिन की मेहनत पर अगले पांच साल की राजनीतिक इबारत तय होगी। पार्टी नेताओं को नसीहत दी गई कि उन 100 दिनों में होने वाली भूल-चूक और लापरवाही बीते 10 साल की मेहनत पर पानी फेर सकती है। राजनीति के बजाए राष्ट्रनीति को ध्यान में रखकर कार्य करना है।

अति आत्मविश्वास में कोई काम न करें। अपने कहे गए शब्दों का मान रखना सीखना होगा। इसलिए जब भी सार्वजनिक रूप से कोई बात कहें तो सोच-समझकर और गंभीरता से कहें। जनता को पार्टी से ज्यादा-से-ज्यादा जोड़कर विकास और योजना की नीति समझाएं। दूसरे पार्टी से आ रहे पदाधिकारी और कार्यकर्ताओं का स्वागत करें, उन्हें मान-सम्मान दें, उन्हें अपना पन महसूस हो। इससे पार्टी की ताकत में इजाफा होगा। जितने ज्यादा कार्यकर्ता और पदाधिकारी होंगे, कार्य कई चरणों में बांटकर करने में आसान और कम समय लगेगा। जनता तक पार्टी का संदेश स्पष्ट और सही पहुंचाएं।

राजनीति द्वंद्व व्यवहार में न झलके

माननीय अटल बिहारी वाजपेयी के प्रधानमंत्रित्व काल की बात है, जब तत्कालीन राष्ट्रपति ने राज्यवार सांसदों को चाय पर निमंत्रित किया। भाजपा के कई सांसद नहीं पहुंचे। अगले दिन अटल जी ने पार्टी सांसदों से लगभग डांटते हुए कहा, "आप शायद यह नहीं जानते कि संविधान के तहत राष्ट्रपति संसद का अपरिहार्य अंग है और उनके बिना संसद अपूर्ण होती है। लिहाजा निमंत्रण देना उनकी विनयशीलता और शिष्टता है, लेकिन आप उसे निमंत्रण नहीं, आदेश समझें।" अगली बार की चाय पर सभी सांसद मौजूद थे। समझाने का तरीका अटल जी का अच्छा था। सभी उनकी बात और भाषण का सम्मान करते थे।

राजनीतिक पार्टियां भी एक-दूसरे के पदाधिकारी और कार्यकर्ताओं को अलग-अलग अवसर पर निमंत्रण देकर एक अच्छा दोस्ताना व्यवहार बनाने का प्रयास करती हैं। किन्तु कुछ पदाधिकारी, कार्यकर्ता, और नेतागण वहां आलोचना और निंदा कर माहौल खराब करने का कार्य करते हैं। द्वंद्व का व्यवहार त्याग कर ऐसे अवसर पर सभी को शालीनता और सद्व्यवहार से पेश आकर छोटी-मोटी गलती को नजरअंदाज करना चाहिए। कार्यक्रम को खुशनुमा बनाना चाहिए।

अपराधीकरण का राजनीतिकरण

भारत लोकतंत्र में विश्वास रखता है। यह देश डॉ. बी.आर. अंबेडकर बाबा साहब द्वारा बनाए गए संविधान से चल रहा है, जिसकी विश्व में सराहना हो रही है। सोलह देशों के प्रतिनिधि भारत की लोकतांत्रिक प्रणाली और निर्वाचन प्रक्रिया सीखने आते हैं और हमारी प्रगति से प्रभावित होते हैं। लोकसभा निर्वाचन प्रणाली 2024 में 23 देशों के प्रतिनिधि मण्डल चुनाव प्रबंधन देखने और सीखने आए और भारतीय निर्वाचन प्रणाली की प्रशंसा की।

देश को आजादी दिलाने के लिए बहुतों ने अपने प्राणों की आहुति दी। अंग्रेजों से निडरता से लड़े। एक नयी क्रांति लाए सुभाषचंद्र बोस, मदनलाल धींगरा, ऊधमसिंह, मंगल पाण्डेय, चन्द्रशेखर आजाद, और अनगिनत नेताओं ने अपनी प्राणों की बलि देकर देश को आजाद कराया। दुख गुलामी का अंधेरा हटकर सुख, आजादी का नया सबेरा आया, और देश आजाद हुआ।

अपने ही नेता फिर गुलामी की ओर देश को ले जा रहे हैं। कानूनी व्यवस्था पर प्रश्नचिह्न लग गया है, क्योंकि कुछ शक्तियां नहीं चाहतीं कि देश के लोग अमन-चैन से रहें। अपराधी तत्व का बोलबाला बढ़ गया है। जगह-जगह लूटपाट, दुष्कर्म, और गरीबों की जमीन पर अतिक्रमण कर लाखों-करोड़ों रुपये कमा रहे हैं। ऐसे अपराधी तत्वों को जनता चुनाव में विजयी बनाकर उनकी पावर को बढ़ाने का कार्य करती है, क्योंकि उन्हें राजनीतिक संरक्षण प्राप्त रहता है। 18वीं लोकसभा में 543 सांसदों में से 46 प्रतिशत आपराधिक रिकॉर्ड रखते हैं, जो कि पिछली बार से तीन प्रतिशत अधिक है। भारतीय राजनीति में आपराधिक

छवि वाले जनप्रतिनिधि बनाए जाने और उन्हें राष्ट्र निर्माण की जिम्मेदारी सौंपे जाने की स्थिति हर नागरिक के माथे पर चिंता की लकीर लाने वाली है।

क्या ऐसी स्थिति में देश का लोकतंत्र, आदर्श समाज, और बहू-बेटियां सुरक्षित रहेंगी ? दागदार जनप्रतिनिधि कालांतर में हमारी व्यवस्था को प्रभावित नहीं करेंगे ? एसोसिएशन ऑफ

डेमोक्रेटिक रिफॉर्म्स की ताजा रिपोर्ट बताती है कि वर्ष 2019 में चुने गए सांसदों में जहां 233 यानी 43 प्रतिशत ने अपने विरुद्ध आपराधिक मामले दर्ज होने की पुष्टि की, वहीं 18वीं लोकसभा के लिए चुने गए 251 सांसदों ने आपराधिक मामले होने की बात मानी, जो कुल संख्या का 46 प्रतिशत है। आपराधिक तत्वों ने देश का माहौल खराब किया है। भारत आपराधिक तत्वों से मुक्त कैसे होगा? सुशासन और ईमानदार व्यवस्था कैसे स्थापित हो पाएगी? अधिकांश राजनीतिक पार्टियों ने आपराधिक तत्वों के उम्मीदवार को टिकट दिए। पार्टी के नाम पर वे निर्वाचित हो गए। इसके लिए राजनीतिक पार्टियां क्या जिम्मेदार नहीं हैं? लोकतंत्र को दागदार बनाने वाली पार्टियों का सीधा-सीधा बहिष्कार होना चाहिए।

मुफ्त रेवड़ियों की संस्कृति

राजनेता सत्ता में आने पर अपना स्वार्थ सिद्ध करने हेतु जनता को मुफ्त रेवड़ियां बांटने की संस्कृति शुरू कर देते हैं। राज्यों और देश की चिंता वे भूल जाते हैं। आरबीआई के पूर्व गवर्नर श्री डी. सुब्बाराव का कहना है कि हमें मुफ्त रेवड़ियों पर अधिक ध्यान देना चाहिए, क्योंकि इससे अर्थव्यवस्था की बदहाली पर गहन चिंता व्यक्त की गई है। दुर्भाग्य की बात यह है कि राजनीतिक पार्टियां इसमें जरा भी सुधार करना नहीं चाहतीं, भले ही अर्थव्यवस्था दम तोड़ दे। लेकिन पार्टियों को इससे कोई मतलब नहीं। ऐसे में रेवड़ी मुद्दे का हल जनता और राजनेता मिलकर ही कर सकते हैं।

इस मामले में बुद्धिजीवी लोगों को आगे आकर इस पर विस्तार से चर्चा करनी चाहिए। मीडिया और सामाजिक मंच पर इसके सकारात्मक और नकारात्मक पहलू जनता के समक्ष रखने चाहिए। इससे होने वाले नुकसान बताने चाहिए। सब कुछ मुफ्त पाने का लालच छोड़कर जनता को खुद ही इस संस्कृति से अलग करना चाहिए। जहां मुफ्त की रेवड़ियां बंटेंगी, वहां भ्रष्टाचार, लालच, और स्वार्थ होगा ही। राजनेता, सरकारी अधिकारी, और जनता को इससे दूर रहना चाहिए।

फ्री बिजली, पानी, करोड़ों लोगों को मुफ्त महिला, विकलांग बुजुर्ग व्यक्तियों को पेंशन, एक-एक सप्ताह तक मुफ्त तीर्थयात्रा कराना, किसानों का करोड़ों का कर्ज माफ करना, उद्योगपतियों को लाखों, करोड़ों की सालाना सब्सिडी देना - रिजर्व बैंक और कैग की रिपोर्ट के अनुसार कई राज्यों में कुल खर्च का 90 फीसदी राजस्व खर्चों के तौर पर हो रहा है। विकास और इंफ्रास्ट्रक्चर के नाम पर ली गई राशि मुफ्त की रेवड़ियां बांटने की वजह से अधिकांश राज्यों की हालत बहुत खस्ता हो गई है।

प्रतिवर्ष केंद्र सरकार और राज्य सरकार राजस्व घाटा पूरा करने हेतु विकास के नाम पर आम जनता पर लाखों-करोड़ों का टैक्स लादकर आम जनता की स्थिति और दयनीय बनाने

का काम करती हैं। दोनों सरकारों को कुछ सख़्त नियम बनाकर मंत्रिमंडल छोटा करना, हर विभाग का बजट कम करना, और फिजूलखर्ची पर रोक लगाना होगा। शुरुआत पहले सरकार को ही करनी होगी।

एक बार देश में अकाल पड़ा था और खाद्यान्न की भारी कमी हो रही थी। उस समय के प्रधानमंत्री लाल बहादुर शास्त्रीजी ने जनता से अनुरोध किया था कि सप्ताह में एक दिन उपवास रखें, और उन्होंने खुद इसकी शुरुआत की थी। जनता ने भी पूरा-पूरा सहयोग दिया और देश उस समय खाद्यान्न संकट से दूर हुआ। सोच अच्छी और सच्ची हो तो हर काम आसान है। नेता और जनता को मुफ्त की रेवड़ी की संस्कृति त्यागकर सच्चे अर्थ में देश के विकास में सहयोग करना चाहिए।

प्रचार में एआई की गूंज

आर्टिफिशियल इंटेलिजेंस (एआई) चुनाव प्रचारों में वोटरों को ट्रेंड करके चुनावों को प्रभावित कर रही है। कुछ सेलिब्रेटियों और राजनेताओं के एआई के माध्यम से डीपफेक वीडियो बनाकर उन्हें बदनाम करना और उनका जीवन प्रभावित करने का कार्य किया गया है। समय-समय पर एफ.आई.आर. दर्ज हुई हैं और कुछ लोगों ने इस प्रकरण से दूरी बना ली है।

एआई के माध्यम से डीपफेक वीडियो बनाकर दो काम होते हैं - पार्टियों की टी.आर.पी. और जनता में विश्वास बढ़ाया या घटाया जाता है। यह राजनीति पार्टी की सोच पर निर्भर करता है। टेक कंपनियां करोड़ों लोगों का डेटा गैर कानूनी तरीके से इकट्ठा करके उनकी प्रोफाइलिंग करती हैं। कुछ पार्टियों के नेता इस डेटा के आधार पर मतदाताओं को प्रभावित करने का कार्य करते हैं। डीपफेक के माध्यम से झूठी कहानियाँ गढ़ना और फर्जी वीडियो बनाने का धंधा बहुत होता है। किसी की भी आवाज, चेहरे की क्लोनिंग की जाती है और अपने मतलब के हिसाब से इस्तेमाल किया जाता है। एआई-संचालित अभियान मतदाताओं के साथ बातचीत को रिकॉर्ड और एनालिसिस करने की क्षमता रखते हैं। ये मतदाता की नब्ज टटोलने के लिए बहुमूल्य डेटा देते हैं, जिससे राजनीति बनाना आसान हो सकता है।

इलेक्टोरल बॉन्ड

मार्च 2018 से जनवरी 2024 के बीच चुनावी बॉन्ड से 16,518 करोड़ रुपये जुटाए गए थे, जिनमें से अधिकांश प्रमुख राजनीतिक दलों के खाते में गए थे। वही लोग थे जिनके पास सत्ता है, चाहे केंद्र में हो या राज्यों में। ऐसे में क्या भारतीय नागरिकों और मतदाताओं को यह जानने का अधिकार नहीं है कि दानदाता कौन है और किससे कितना पैसा मिला? सुप्रीम कोर्ट की स्पष्ट सोच है कि उन्हें यह पूरा अधिकार है। चुनावी फंडिंग प्रणाली बैंकिंग चैनल के माध्यम से आई थी।

सुप्रीम कोर्ट के पांच न्यायाधीशों की संविधान पीठ के न्यायमूर्ति श्री संजीव खन्ना की सहमति से इस योजना को इसलिए रद्द किया गया क्योंकि वह संविधान के अनुच्छेद 19(1)(ए) का उल्लंघन करती थी। जब चुनावी बॉन्ड की बात आती है, तो हमें यह नहीं भूलना चाहिए कि इसमें दानदाताओं को कर में छूट दी गई है, जिससे राजनीतिक दलों को फायदा हो रहा था। चुनावी बॉन्ड पर सुप्रीम कोर्ट का फैसला स्वागत योग्य है।

इलेक्टोरल बॉन्ड के जरिए सत्तारूढ़ पार्टी को 56% हिस्सा मिला और 44% कांग्रेस और अन्य पार्टी को मिला। जो पार्टी सत्ता में होती है, उसे ज्यादा चंदा मिलता है क्योंकि उसे राज्यों में कंपनियों के कई प्रोजेक्ट चलते हैं। राज्यों से इस माध्यम से कई सुविधाएं कंपनियां लेती हैं। बड़े-बड़े ठेके आसानी से मिल जाते हैं। विपक्षी दल को भी इसलिये चंदा दे देते हैं ताकि वे कंपनी के कार्य में बाधा न डालें। इस प्रकार का खेल चलता है। सुप्रीम कोर्ट की ओर से चुनावी बॉन्ड योजना खत्म की गई, इसलिए राजनीतिक पार्टियों को तकलीफ हो रही है कि चुनाव लड़ने के लिए राशि कहां से आएगी?

ईवीएम पर बेतुकी बातें

इलेक्ट्रॉनिक वोटिंग मशीन (ईवीएम) को लेकर विपक्ष के कुछ दल और राजनेता टिप्पणी और आलोचना करते आए हैं। तेलंगाना में कांग्रेस जीती, पंजाब में आप जीती। तब ईवीएम अच्छी थी। लोकसभा से लेकर नगर पालिका परिषद तक में ईवीएम का (प्रयोग) इस्तेमाल हो रहा है।

हाल ही में बड़े बिजनेसमैन एलन मस्क ने यह कहकर सनसनी फैला दी कि ईवीएम बंद कर देना चाहिए क्योंकि इसे इंसानों या एआई द्वारा हैक किया जा सकता है। उनका संदर्भ अमेरिका को लेकर था। कुछ ज्ञानी तत्व ने वह बात पकड़कर भारत में चर्चा का बाजार गर्म कर दिया। ईवीएम बंद होकर बैलेट पेपर से चुनाव हो, ये सरासर तथ्यहीन और निराधार बात है।

वर्ष 1988 में तत्कालीन राजीव गांधी सरकार ने संविधान में संशोधन कर ईवीएम के प्रयोग को हरी झंडी दी। आज ईवीएम को लेकर कांग्रेस पार्टी सबसे अधिक मुखर है। वर्ष 2004 से ईवीएम का हर चुनाव में प्रयोग हो रहा है। 10 लाख से ज्यादा ईवीएम भारत में हैं। लगभग 60 करोड़ से अधिक मतदाता ने ईवीएम से ही अपने मताधिकार का प्रयोग किया। पूरी चुनावी प्रक्रिया पारदर्शी है। न तो वोट डालते समय न वोटों की गणना के समय किसी तरह की कोई परेशानी सामने नहीं आई।

चुनाव प्रक्रिया पर बार-बार सवाल उठाना स्वस्थ लोकतंत्र के लिए अच्छी बात नहीं है। चुनाव आयोग समय-समय पर ईवीएम को हैक करने के लिए कार्यक्रम आयोजित करता है, लेकिन आज तक किसी ने भी ईवीएम को हैक करने में सफलता नहीं पाई है। खुद 99 सीटों के साथ सहयोगी दलों संग 232 सीटें जीतने वाली कांग्रेस जिस तरह से ईवीएम पर हमलावर है, यह केवल दुर्भाग्यपूर्ण ही नहीं बल्कि शरारतपूर्ण भी है। यदि ईवीएम में छेड़छाड़ संभव होती तो विपक्षी दल भाजपा को 240 सीटों पर सीमित करने में सफल नहीं होते। यदि ईवीएम को

हैक करना संभव होता तो कम से कम आईटी मंत्री राजीव चंद्रशेखर महज 16 हजार वोटों से नहीं हारते। भाजपा अयोध्या, अमेठी जैसी सीटें अपने हाथ से जाने नहीं देती। लोकसभा की 21 सीटें ऐसी थीं जहां हार-जीत का अंतर दस हजार या उससे कम रहा। इन सीटों में अधिकांश पर विपक्षी दलों के उम्मीदवार ही जीते।

क्लीन स्वीप

इस लोकसभा चुनाव में कांग्रेस को डूबता हुआ जहाज कहने वाले कांग्रेस के ही हजारों जमीनी कार्यकर्ता, पदाधिकारी, पूर्व सांसद, विधायक कांग्रेस छोड़कर भाजपा ज्वाइन करना शुरू किया और कांग्रेस से ही सवाल किया - रामजन्म भूमि का निमंत्रण क्यों ठुकराया गया ? वरिष्ठ नेता अपने पदाधिकारियों को मान-सम्मान नहीं देते, उपेक्षा करते हैं, आदि आरोप लगाकर पार्टी छोड़ भाजपा के पाले में चले गए। ऐन चुनाव के समय केंद्र द्वारा कांग्रेस पार्टी का खाता सीज किया गया। दिग्विजयसिंह, कमलनाथ, और भूरिया जैसे वरिष्ठ नेताओं को उनके गढ़ में ही घेरा गया।

भाजपा द्वारा योजनाबद्ध तरीके से मध्यप्रदेश में चुनाव प्रचार को अंजाम दिया गया। हाईकमान सभी क्षेत्र पर नजर बनाए हुए थे। समय-समय पर आम सभा, पदाधिकारियों को मार्गदर्शन, मदद, और सहयोग करते रहे। जितने भी ज्यादा से ज्यादा तादाद (असंख्य) में कांग्रेसी भाजपा में आए, पार्टी ने उनका पुष्पमाला से "वेलकम" किया। उन्हें मान-सम्मान दिया। वे अधिक जोश में भाजपा के लिए काम करने लगे। कांग्रेस में भगदड़ के कारण कार्यकर्ता और पदाधिकारियों का मनोबल टूट गया। उन्हें हिम्मत दिलाने में वरिष्ठ नेताओं ने देर कर दी।

दूसरी तरफ भाजपा पूरी ताकत के साथ गांव से लेकर प्रदेश तक कार्यकर्ताओं और पदाधिकारियों के हमेशा संपर्क में रही। कोई भी मदद, सहयोग, और चुनाव सामग्री प्रदेश से लेकर गांव तक शीघ्र पहुंचाने का कार्य किया गया।

भाजपा के पास अनुभवी, प्रशिक्षित, और पदवीधर कार्यकर्ता और पदाधिकारी थे। जनता से बोलचाल और उन्हें अपनापन की भावना के साथ कार्य करने की क्षमता थी। साधन-संसाधन के अलावा मीडिया, सोशल डिजिटल प्रणाली, यूट्यूब, इंस्टाग्राम, और अन्य ऐप पर भाजपा पूरी तरह सक्रिय थी।

इसलिए भाजपा ने मध्यप्रदेश की सभी 29 सीटों पर विजय हासिल कर "क्लीन स्वीप" किया। पिछली बार 28 सीटें प्रदेश में जीती थीं। प्रदेश में 40 साल बाद कोई पार्टी सभी लोकसभा सीटें जीतने में कामयाब रही। मध्यप्रदेश के चुनावी इतिहास में सिर्फ दो बार ऐसा हुआ, जब सभी सीटें किसी एक ही पार्टी ने जीत ली हों। वर्ष 1984 में संयुक्त मध्यप्रदेश (छत्तीसगढ़ समेत) की सभी 40 सीटें कांग्रेस ने जीती थीं। इस बार भाजपा ने छह राज्यों में "क्लीन स्वीप" किया। मध्यप्रदेश, दिल्ली, उत्तराखंड, हिमाचल प्रदेश, त्रिपुरा, और अरुणाचल प्रदेश में रहा।

कांग्रेस में करोड़पति, दमदार प्रत्याशी, और पदाधिकारी होने के बावजूद प्रत्याशी जनता से नोट और वोट मांग रहे थे। यह दयनीय स्थिति जनता को रास नहीं आई और मीडिया में बयान दे रहे थे कि हमारा खाता 'सीज' हो गया। हमें जनता से चंदा मांगना पड़ेगा। यह भी किरकिरी का विषय रहा है।

सूरत प्रत्याशी निर्विरोध

लोकसभा चुनाव के दौरान गुजरात के सूरत क्षेत्र से कांग्रेस उम्मीदवार का नामांकन रद्द होने और बसपा के प्यारेलाल सहित सभी 8 निर्दलीयों ने अपने नाम वापस लेने से भाजपा के श्री मुकेश दलाल निर्विरोध निर्वाचित हुए। वर्ष 1984 से सूरत सीट पर भाजपा जीत रही है। इससे पहले अरुणाचल प्रदेश में हाल ही में हुए विधानसभा चुनावों में भाजपा के 10 प्रत्याशी निर्विरोध जीते थे। नतीजों से 44 दिन पहले भाजपा को सूरत सीट पर निर्विरोध जीत मिली।

वर्ष 1951 से अब तक 34 उम्मीदवार निर्विरोध जीते। वर्ष 2012 में यूपी की कन्नौज सीट से सपा की डिंपल यादव निर्विरोध जीती थीं। वाई.पी. चव्हाण, फारूक अब्दुल्लाह, टी.टी. कृष्णामाचारी, पी.एम. सईद और एस.सी. जमीर भी निर्विरोध जीत चुके हैं।

मन के हारे हार, मन के जीते जीत

राजनीति में हार-जीत होती रहती है। कई नेता पांच-पांच, सात-सात बार चुनाव हार जाते हैं, किन्तु हिम्मत नहीं हारते। हार पर मंथन कर पुन: अपने नए प्रयास जोश के साथ फिर चुनावी कार्य में लग जाते हैं। उनकी पार्टी में और पार्टी के बाहर कड़ी आलोचना और निंदा होती है। कई नेता तो कहते हैं कि इनसे कुछ होने वाला नहीं है और उन्हें कई उपाधियों से भी नवाजा जाता है। 2014 में कांग्रेस की हार के बाद से राहुल गांधी की छवि हारे हुए नेता की बनी हुई थी। उनकी हर जगह आलोचना हो रही थी।

आलोचना होती रही, पर वे डटे रहे। पिछले दो वर्षों में राहुल गांधी इस छवि को तोड़ने में कामयाब रहे। वे एक जुझारू और हार न मानने वाले नेता के रूप में इन चुनावों में उभरे हैं। दो साल में 202 दिन की यात्राएं करके लोगों से मिलना, बात करना, उनकी परेशानी और समस्या समझना। "भारत जोड़ो यात्रा" शुरू की थी। लगभग 138 दिनों की इस यात्रा में उन्होंने 12 सभाओं को संबोधित किया था। इस साल उन्होंने 14 जनवरी को मणिपुर से भारत जोड़ो न्याय यात्रा शुरू की और लगभग 64 दिन में 4000 किमी यात्रा पैदल की। इन दोनों यात्राओं में राहुल गांधी को लगातार सुर्खियों और चर्चा में बनाए रखा। और उनका ग्राउंड कनेक्ट बढ़ गया। वे जुझारू नेता की छवि बनाने में कामयाब रहे।

कुछ स्वार्थी नेता पार्टी छोड़ते रहे थे, लेकिन राहुल घबराए नहीं और संघर्ष करते रहे। कई कद्दावर नेताओं ने कांग्रेस छोड़ भाजपा का दामन थाम लिया। राहुल पूरी ताकत से पार्टी को फिर से खड़ा करने में जुटे रहे। जाति जनगणना के मुद्दे को राहुल ने लगातार चर्चा में बनाए रखा। बिहार में जब कांग्रेस की गठबंधन सरकार थी, तो वहां जाति जनगणना कराई गई। राहुल ने लगातार यह मुद्दा उठाया, हालांकि इस पर कांग्रेस के ही नेता एकमत नहीं थे। राहुल आलोचनाओं को दरकिनार करते रहे।

आज भी इस पार्टी को लोकसभा चुनाव के दौरान 12 करोड़ वोट मिलते हैं। क्षेत्रीय पार्टियों को यह बात नहीं भूलनी चाहिए कि कांग्रेस को नजरअंदाज कर कोई भी राष्ट्रीय विकल्प संभव नहीं होगा। आज समय खराब है, कल अच्छा समय आ सकता है। समय और परिस्थिति एक सी नहीं रहती। बदलते देर नहीं लगती।

प्रचार के दौरान राहुल गांधी ने "खटाखट" शब्द का इस्तेमाल किया। चुनाव रैली में उन्होंने कहा, "हर माह की पहली तारीख को खटाखट, खटाखट अंदर।" यह बयान काफी चर्चा में रहा। इसके बाद जब एक इंटरव्यू में प्रधानमंत्री ने कहा कि उन्हें परमात्मा ने भेजा है, तो इस पर राहुल ने कहा कि उन्हें परमात्मा ने अंबानी और अडानी की मदद के लिए भेजा है।

राहुल गांधी ने "राजकुमार" वाली छवि तोड़ दी। "भारत जोड़ो यात्रा" में मोटरसाइकिल पर बैठे, कभी बैलगाड़ी पर, मैसूर में भारी बारिश के बीच जनसभा को संबोधित किया और "राजकुमार" वाली छवि तोड़ने में कामयाब रहे। क्षेत्रीय पार्टियों से गठबंधन कर उदारवादी छवि बनाई। इसका फायदा पार्टी को मिला और 99 सीटों पर पार्टी विजयी रही। जिन-जिन क्षेत्रों में यात्रा निकली थी, वहां जनता ने सुझाव दिए थे। उन्हें राहुल ने अपने पार्टी के न्याय पत्र में शामिल किया था। लोगों का विश्वास अर्जित किया और वोट बैंक में भी इजाफा हुआ।

सांसद फंड पूरा इस्तेमाल हो रहा क्या?

सांसदों को अपने क्षेत्र का विकास करने के लिए प्रतिवर्ष लगभग पांच करोड़ रुपये की राशि आवंटित होती है। विधायकों को अपने क्षेत्र का विकास करने हेतु दो करोड़ रुपये आवंटित होते हैं। अलग-अलग राज्य की राशि अलग होती है। पार्षद को अपने क्षेत्र के विकास हेतु लगभग तीन लाख रुपये प्रतिवर्ष आवंटित होते हैं। वे अपने क्षेत्र का अच्छा, सुंदर, और योजनाबद्ध तरीके से जन कल्याण में विकास करें।

तमिलनाडु के 39 सांसदों ने एम.पी. लैड्स के तहत केंद्र से हुए आवंटन की 75% राशि का इस्तेमाल ही नहीं किया। केंद्रीय सांख्यिकी और कार्यक्रम कार्यान्वयन मंत्रालय के डेटा से यह खुलासा हुआ है। यह डेटा 2019 से 2024 (कोरोना के साल छोड़कर) के दौरान दी गई राशि का है। सांसदों को कुल 367 करोड़ रुपये का आवंटन किया गया था। इसमें से करीब 93 करोड़ रुपये ही विकास से जुड़े कामों में खर्च हुए। शेष 274 करोड़ रुपये यानी करीब 75% राशि का इस्तेमाल ही नहीं किया गया।

एम.पी. लैड योजना के तहत एक सांसद के लिए सालाना पात्रता पांच करोड़ रुपये है। डेटा के मुताबिक आंकड़ों के अनुसार चेन्नई, सेंट्रल और बैल्लोर संसदीय निर्वाचन क्षेत्रों के तहत कोई खर्च नहीं किया गया। चेन्नई सेंट्रल के मौजूदा सांसद द्रविड़ मुनेत्र कड़गम के दयानिधि मारन हैं और बैल्लोर में उसी पार्टी के डी.एम. कथिर आनंद हैं।

कई बार देखने में आता है कि जनता के विकास और कल्याणकारी योजना अच्छी होने के बावजूद सरकार उसे पूरा नहीं कर पाती। सरकार कहती है कि हमारे पास बजट नहीं है। सांसद और विधायक कहते हैं कि फंड नहीं है। प्रति वर्ष जनता पर टैक्स का बोझ बढ़ रहा है। आखिर यह राशि जाती कहां है? सांसद और विधायकों को अपने क्षेत्र के विकास और जन कल्याण योजना के लिए प्रतिवर्ष करोड़ों रुपये आवंटित होते हैं। आखिर वह राशि कहां जाती है? सांसद और विधायकों को प्रतिवर्ष की जानकारी अपने क्षेत्र की जनता को प्रतिवर्ष बताना चाहिए।

गठबंधन से ताकत में इजाफा

लोकसभा चुनाव में विपक्षी इंडिया महागठबंधन 234 सीटें लाकर अब तक का सबसे मजबूत विपक्ष बनकर इतिहास रच चुका है। राजनीतिक विश्लेषकों का कहना है कि एनडीए सरकार बन भी जाती है तो सदन में उसकी मनमानी नहीं चलेगी। राहुल, अखिलेश, तेजस्वी, ममता, उद्धव, सुप्रिया सुले आदि नेता चुनौती पैदा करेंगे। राहुल दो क्षेत्र रायबरेली और वायनाड से भारी बहुमत से जीते हैं। भारत जोड़ो यात्रा, न्याय यात्रा, संविधान और आरक्षण बचाने की बात करने वाले राहुल की छवि अब गंभीर राजनीतिज्ञ की हो गई है। राहुल ने महंगाई, बेरोजगारी, खेती-किसानी की चुनौतियों से लेकर दलित और आदिवासियों के मुद्दे भी उठाए हैं।

उत्तर प्रदेश में 37 सीटें जीतने वाले अखिलेश यादव ने अपने दम पर सोशल इंजीनियरिंग योजना बनाकर सभी जातियों का ख्याल रखा और जनता से जुड़े ज्वलंत मुद्दे उठाकर हमेशा सरकार को घेरकर उनके नाक में दम कर दिया। सपा द्वारा समय-समय पर धरना प्रदर्शन और रैली जारी रही, इसलिए जनता के दिल में जगह बनाने में कामयाब रहे।

महाराष्ट्र में सत्ता पक्ष द्वारा दो पार्टी तोड़कर उनके विधायकों सहित आधी पार्टी अपने साथ कर ली। अच्छी चल रही "महाविकास आघाड़ी" को नेस्तनाबूद कर दिया। जिससे महाराष्ट्र की जनता सत्ता पक्ष के खिलाफ हो गई। शिवसेना (यूबीटी) के बेहतर प्रदर्शन से उद्धव पिक्चर में आ गए। वहीं एनसीपी (शरद पवार) ने भी सीटें बढ़ाई। इससे सुप्रिया सुले भी अहम हो गई हैं।

ज्यादा अति और ज्यादती कोई पार्टी के साथ करना। सत्ता का रौब दिखाकर ईडी, सीबीआई, आईटी, और अन्य एजेंसियों द्वारा जांच के नाम पर उन्हें हरासमेंट करना। कुल मिलाकर विपक्षी पार्टियों को तोड़कर उनका मनोबल मिटाने का कार्य और विधायक, सांसदों को अपने पक्ष में करने का प्रयास हुआ।

गठबंधन से दूर और नुकसान

गठबंधन के साथ रहने से ताकत बढ़ जाती है। चुनाव करने से चुनाव प्रचार खर्च कम आता है। योजनाबद्ध तरीके से मंथन करने से चुनाव में सीटें अधिक मिलती हैं। यूपी में कांग्रेस का इंडिया गठबंधन आया और सीटें जीतने में कामयाब हो गया। महाराष्ट्र में भी महाविकास आघाड़ी ने अधिक सीटें जीतकर भाजपा को चौका दिया। बुजुर्ग शरद पवार सत्ता से बाहर होने के बावजूद आठ सीटें जीतने में सफल रहे। उन्होंने साबित कर दिया कि एनसीपी उनकी ही है। चाचा, चाचा है, और भतीजा, भतीजा है।

अनुप्रिया पटेल और रामदास आठवले रालोद एनडीए में हैं, तो खुद की सीट बचा भी रहे और मंत्री पद भी एनडीए में मिल रहा है। "एकला चलो" नीति कब घातक होगी, कह नहीं सकते। भाजपा गठबंधन को नजरअंदाज कर रही थी। इंडिया गठबंधन ने 28 दल मिलकर महागठबंधन बनाया, तो भाजपा की आंख खुली। छोटे दलों और छोटी पार्टियों को एक कर एनडीए मजबूत हुआ, तब मोदी 3.0 सरकार बनाने में सफलता मिली। महागठबंधन भी मजबूत विपक्ष बनकर उभरा है, उन्हें नजरअंदाज करना आसान नहीं है।

इस लोकसभा चुनाव में बसपा, बीजेडी, और वीआरएस ने "एकला चलो" नीति अपनाई और चुनाव में भारी हार का सामना करना पड़ा। बसपा 543 सीटों में से एक भी सीट नहीं जीत पाई और पूरी तरह से सूपड़ा साफ हो गया। बहुत करारी हार हुई। जबकि बसपा को दोनों गठबंधनों से शामिल होने का प्रस्ताव था, किन्तु बसपा द्वारा नजरअंदाज किया गया।

कभी भी अति और घमंड नाशवान होता है। सिवाय नुकसान के कुछ हाथ नहीं लगता और पछताना पड़ता है।

चार सौ पार ले डूबा

भाजपा ने अपना एनडीए का कुनवा जोड़ने में देरी कर दी, तब तक इंडिया गठबंधन अपनी संख्या में वृद्धि करता रहा। दूसरी ओर, सीट बंटवारे में भी घमासान होता रहा। दूसरी पार्टी से आए नेताओं को टिकट मिलने से जमीन से जुड़े पदाधिकारी और कार्यकर्ता सख्त नाराज थे, किन्तु संगठन के खिलाफ आवाज नहीं उठाई और चुप रहे।

यूपी में दूसरी बार सांसदों को मौका देना जिन्होंने क्षेत्र में काम नहीं किया। महंगाई, बेरोजगारी, किसान आंदोलन, महिला पहलवान आंदोलन, मणिपुर लगभग चार माह तक जलता रहा, महिलाओं पर अन्याय और अत्याचार होते रहे। ऐसी घटनाओं से जनता के मन में भाजपा के प्रति रोष था। नए मतदाता अधिक नाराज थे।

क्षेत्रीय छोटी-छोटी पार्टियों को तोड़ना, विपक्षी दलों पर ईडी, सीबीआई, और आईटी का डंडा चलाना, नेताओं को जांच के नाम पर घंटों कार्यालय में बैठाकर परेशान करना। यह सारी चीजें मीडिया और जनता के बीच आती रहीं।

कुछ भाजपा नेताओं के घमंडी बोल, विपक्षी पार्टियों को नीचा दिखाना, अनाप-शनाप बयान देना, अति आत्मविश्वास और घमंड भाजपा को ले डूबा।

भाजपा का "चार सौ पार" नारा बार-बार लगता रहा। जनता भी खूब समझ रही थी। इतना जोर-शोर करने पर भी मात्र 240 सीटें ही भाजपा जीत पाई। बहुमत से 32 सीटें दूर गठबंधन एनडीए, कारण एनडीए का आंकड़ा 293 हो गया और बहुमत मिल गया। राम मंदिर मुद्दा हवा-हवा हो गया। अयोध्या में भी बुरी हार भाजपा की रही।

अच्छी शुरुआत मुख्यमंत्री से हो

कोई अच्छे कार्य की शुरुआत सरकार और जनता को मिलकर करनी चाहिए। मुश्किल से मुश्किल काम आसान हो जाता है और ऐसे कार्यों की सब जगह सराहना होती है। हाल ही में असम के मुख्यमंत्री हिमंता बिस्वा सरमा ने गुवाहाटी के सचिवालय कॉम्पलेक्स में जनता भवन सोलर प्रोजेक्ट के उद्घाटन पर घोषणा की कि राज्य के सरकारी कर्मचारियों को अब अपने बिजली के बिल खुद भरने होंगे। यह नया नियम जुलाई से लागू होगा। इस कदम का मकसद वीआईपी संस्कृति को खत्म करना और सरकारी संसाधनों का बेहतर उपयोग करना है। उन्होंने कहा कि सरकारी कर्मचारियों को मुफ्त बिजली मिलती थी, लेकिन अब उन्हें अपनी जिम्मेदारी खुद निभानी होगी। इससे सरकारी खजाने पर बोझ कम होगा। सरमा ने एक्स पर लिखा कि मैं और चीफ सेक्रेटरी इसका उदाहरण बनेंगे और 1 जुलाई से अपना बिजली बिल खुद भरेंगे।

यह अनुकरण पहले असम के मुख्यमंत्री ने शुरू कर अच्छा उदाहरण पेश किया। भारत में 28 राज्य और 8 केंद्र शासित प्रदेश हैं। हर राज्य का मुख्यमंत्री एक अच्छी योजना पर खुद कार्य कर जनता को प्रेरित कर सकता है। प्रति वर्ष अलग-अलग नई योजना बनाकर राज्य का, देश का कर्ज भार हम कम कर सकते हैं, जिसका अच्छा उदाहरण असम बन रहा है।

ऐसा करने से देश का विकास होगा और देश के धन की भी बचत होगी। अनेक राज्यों में देखने को मिला कि जनता द्वारा सरकार से सहयोग लेकर खुद गली में सड़क बना ली गई, तालाब के लिए श्रमदान द्वारा गहरीकरण कर दिया गया। खुद की राशि से वृद्धाश्रम, कुओं की सफाई, गर्मी में प्याऊ, अनेक जनहित योजनाएं संघटन और जनता खुद चला रही है। कई संघटन सरकार से कोई अनुदान तक नहीं लेते। अपना स्वाभिमान बनाए रखकर जनता ही जनता की सेवा कर रही है। अनेकों मंदिर संस्थानों में प्रतिदिन निशुल्क भंडारा का आयोजन होता है, यह अच्छी पहल है।

शून्य से शिखर पर

पिछले साल राष्ट्रवादी कांग्रेस पार्टी (राकांपा) में टूट के बावजूद वरिष्ठ नेता शरद पवार ने महाराष्ट्र में लोकसभा चुनाव में अग्रिम मोर्चे पर कमान संभाली और पार्टी को आठ सीटों पर जीत दिलाते हुए राज्य की राजनीति में अपने कद को और ऊंचा किया। उनकी अगुवाई वाली राकांपा ने विपक्षी इंडिया गठबंधन के साझेदारों के साथ बनी सहमति के तहत राज्य में 10 सीटों पर चुनाव लड़ा था और उनमें से आठ पर जीत हासिल की। चुनावी लड़ाई के धुरंधर 83 वर्षीय नेता पवार राष्ट्रीय स्तर पर भाजपा विरोधी गठबंधन के रचनाकार में से एक हैं। राज्य में महा विकास आघाडी (एमवीए) के प्रमुख वास्तुकार हैं। लोकसभा चुनाव में अपने प्रदर्शन से राष्ट्रवादी कांग्रेस पार्टी (शरद पवार) को राज्य में एक नया जीवनदान मिल गया है।

जवान बेटा, बहू, माता-पिता को वृद्धावस्था में अपने आशियाने से निकाल दे, उन माता-पिता पर क्या बीत सकती है? यह माता-पिता भली-भांति समझते हैं। उन्हें कितना दु:ख होता है। जीवन भर की कमाई लगाकर आशियाना बनाया, और अंतत: नियति ने यह कैसा खेल खेला होगा। ऐसा ही कुछ (राकांपा) चीफ मा. शरद पवार जी के साथ हुआ। सगे भतीजे ने धोखा दे दिया। पार्टी, पदाधिकारी, कार्यकर्ता, सांसद, विधायक, यहां तक कि चुनाव चिन्ह भी ले लिया।

कहावत है, आदमी का धन, दौलत, मकान, खेत चोरी हो सकता है। ज्ञान, अनुभव, और हुनर कोई चुरा नहीं सकता। फिर मा. शरद पवारजी बुजुर्ग अवस्था में नए जोश, मेहनत और सीमित पदाधिकारी, कार्यकर्ताओं के साथ नए चुनाव चिन्ह के साथ शून्य से सफर शुरू कर शिखर पर पहुंच गए। उन्होंने अपना लोहा मनवा लिया। अक्टूबर में विधानसभा चुनाव होने हैं। चुनावी राजनीति में 50 साल से ज्यादा का अनुभव रखने वाले पूर्व केंद्रीय मंत्री रहे। कई बड़े नेताओं को अपने साथ में लाने में सफल रहे। सातारा में भारी बारिश के बीच उनका भाषण एक निर्णायक सिद्ध हुआ था। पवार ने एक बार फिर अपना 'पावर' दिखा दिया।

दल-बदलुओं का अस्तित्व खतरे में

कोई भी चुनाव हो, चुनाव के वक्त नेता लोग तत्परता से निष्ठा के साथ पार्टी बदल लेते हैं। साथ में अनर्गल आरोप भी लगाते हैं कि वहां दम घुट रहा था, कोई सुनता नहीं था, सम्मान नहीं मिलता था। ऐसे आरोप लगाकर पार्टी छोड़ने का क्रम चलता है। भाजपा से कांग्रेस में जा रहे हैं, कांग्रेस से भाजपा में आ रहे हैं। बीस-बीस, पच्चीस-पच्चीस वर्ष पार्टी में रहने के बाद, काम के वक्त दूसरी पार्टी एन चुनाव के वक्त ज्वाइन करना टिकट का लालच और हाईकमान आसानी से दलबदलू को टिकट दे देते हैं। कुछ नेताओं की जीतने की गारंटी होती है। साधन-संसाधन और हजारों कार्यकर्ताओं के साथ पार्टी में आते हैं। उनका जोरदार तरीके से स्वागत होता है।

इस लोकसभा चुनाव में देश में लाखों पदाधिकारी और कार्यकर्ताओं ने आयाराम-गयाराम का खेल खेला है। दलबदलू नेताओं की जीत का औसत 49 प्रतिशत से घटकर 15 प्रतिशत हो गया है। 2019 में लोकसभा चुनाव में 195 उम्मीदवारों ने दल-बदल किया था, इनमें से मात्र 29 ने जीत दर्ज की थी। इस लोकसभा चुनाव में भाजपा के 56 में से 21, कांग्रेस के 29 में से 6 जीते। सभी पार्टियों ने दूसरी पार्टी से सत्ता में आए 127 नेताओं को उम्मीदवार बनाया। इनमें से केवल 43 ही जीत दर्ज करने में सफल रहे, जबकि 84 दलबदलुओं को हार का सामना करना पड़ा।

पार्टी का नाम, उम्मीदवार का चरित्र, और उसका जमीनी बैकग्राउंड यह सब जनता देखती है। क्यों पार्टी बदली, क्या वास्तव में जनता के हित में काम करेगा ? कई तरह से बुद्धिजीवियों और मीडिया सोचते हैं और उनके प्रचार तंत्र प्रणाली और घोषणा-पत्र को भी गंभीरता से लिया जाता है। उसके स्वर के बयान को भी देखा जाता है तथा उनकी हार-जीत संभव होती है। इसलिए जनता का विश्वास दलबदलुओं पर कम हो गया है और उनके जीत में भी कमी आ गई है।

जासूसी का खेल

पूर्व में राजा-महाराजा दूसरे राज्यों की टोह (जानकारी) लेने के लिए गुप्तचर और जासूसों का सहयोग लेते थे। वह जासूस और गुप्तचर सटीक जानकारी उपलब्ध कराते कि कौन सा राजा ताकतवर है, कितनी सेना, सिपाही और गोला-बारूद है। पूरी जानकारी राजा महाराजा को मिलती थी। बातचीत के माध्यम से उनसे मैत्री की जाती थी। ताकतवर राजा अपने घमंड में किसी से मैत्री नहीं करते थे। हमारे राज्य की जानकारी दूसरे राज्य को पता चल जाएगी, तो ताकतवर राजा का साम, दाम, दंड, भेद से निपटारा कर उनके राज्यों पर कब्जा किया जाता था। सुंदर 'विषकन्या' को भेजकर वह 'विषकन्या' हर तरह से निपुण होती थी। नृत्य में विशेषकर राजा-महाराजा नृत्य के ज्यादा दीवाने होते थे। 'विषकन्या' नृत्य करते-करते राजा को आलिंगन कर किस कर देती थी और उसी वक्त राजा की मृत्यु हो जाती थी। ऐसी योजना से ताकतवर राजाओं को ठिकाने लगाया जाता था। या बेटी-बेटा विवाह कर भी अपने पक्ष में किया जाता था। दूसरे की ताकत कम कर अपनी ताकत बढ़ाने का कार्य होता था।

इंदिरा गांधी प्रधानमंत्री थीं, उस समय भी विपक्षी की जासूसी होती थी। छोटी-छोटी पार्टी या जमीनी जुड़े नेता को पार्टी में शामिल किया जाता था। अब समय आ गया है, सत्ता पक्ष ईडी, सीबीआई, आईटी, और अन्य संस्थाओं के द्वारा विपक्ष पर कार्रवाई हेतु टीम भेजता है। विपक्ष का ही आरोप सत्ता पक्ष पर होता है कि क्षेत्रीय दल के कुछ नेताओं को तोड़ कर अपने पक्ष में कर लिया। उदाहरण के लिए महाराष्ट्र की दो पार्टियां टूटकर गठबंधन सरकार बन गई।

आंध्र प्रदेश के टीडीपी नेता नारा लोकेश ने जगन रेड्डी सरकार पर फोन टैपिंग का आरोप लगाया है। लोकेश ने कहा कि हम यह जानते हैं कि हमारे फोन कॉल टैप किए गए हैं। मेरे फोन पर जासूसी सॉफ्टवेयर पेगासस का अटैक हुआ। मेरे पास इस बात के सबूत हैं कि दो

बार ऐसा हुआ। अप्रैल में भी ऐसा किया गया। इस बात के खुफिया इनपुट हैं कि सबूतों को नष्ट किया जा रहा है।

लोकेश का दावा है कि नायडू ने डीजीपी से इस बात की रिपोर्ट मांगी है कि आंध्र में पेगासस है और यदि है, तो इसका इस्तेमाल किसके खिलाफ किया गया ?

अच्छी राजनीति ही पार्टी को विजयी बनाती है

आधारभूत राजनीतिक पहलुओं की बात करें, तो वे किसी राजनीतिक दल को जीत दिलाने में प्रभावी भूमिका निभाते हैं क्योंकि ठोस मुद्दों पर आधारित होते हैं। भाजपा ने भी इन्हीं पहलुओं के इर्द-गिर्द अपनी रणनीति बनाई थी और उनके आधार पर ही उसे अपनी जीत का भरोसा था। आधारभूत पहलुओं

में पहला बिंदु है सामाजिक समीकरण का। पिछले कुछ समय से भाजपा ने सोशल इंजीनियरिंग के माध्यम से विभिन्न सामाजिक समूहों को साधने का प्रयास किया है। यहां तक कि राष्ट्रपति जैसे पद के माध्यम से भी प्रतीकात्मक संदेश देने का काम किया गया।

पहले दलित समुदाय से आने वाले रामनाथ कोविंद को राष्ट्रपति बनाया गया, फिर उनके बाद आदिवासी समाज की महिला द्रौपदी मुर्मु को राष्ट्रपति बनाया गया। केंद्रीय मंत्री परिषद से लेकर विभिन्न राज्यों में मुख्यमंत्री को चुनते समय इसका ध्यान रखा गया कि सामाजिक समीकरण सधे रहे। कांग्रेस ने भी दलित समुदाय से आने वाले मल्लिकार्जुन खरगे को अध्यक्ष बनाया, पर वह उसका वैसा संदेश नहीं दे पाई। दूसरा बिंदु नेतृत्व क्षमता का है, जिसमें भाजपा विरोधियों पर भारी पड़ती है क्योंकि उसके पास मोदी जैसा जांचा और परखा हुआ चेहरा है।

जबकि विपक्षी दल किसी सर्वमान्य नेतृत्व को लेकर सहमति नहीं बना पाए। इसमें तीसरा बिंदु सांगठनिक कौशल का है, जिसमें भाजपा अपने विरोधियों से कोसों आगे है क्योंकि वह कार्यकर्ता आधारित पार्टी है और राष्ट्रीय स्वयंसेवक संघ का सहयोग भी उसे प्राप्त है। सांगठनिक कौशल के मामले में विपक्षी दलों की स्थिति उतनी अच्छी नहीं दिखती। विचारधारा और मूल मुद्दों का है, जिस मोर्चे पर भाजपा स्थायी और मुखर रहती है। अपनी वैचारिक प्रतिबद्धता

दर्शाकर समर्थकों को आह्वान करने में लगी रहती है। जबकि विपक्षी पक्ष वैचारिक मुद्दों पर भ्रम और दुविधा के शिकार दिखते हैं।

आधारभूत पहलुओं में सरकारों का कामकाज परखा जाता है। इस मोर्चे पर मोदी बार-बार अतीत में कांग्रेस की असफलताओं को रेखांकित करते रहे हैं। साथ ही अपनी सरकार की विभिन्न कल्याणकारी योजनाओं और उपलब्धियों का बखान भी करते हैं। विपक्षी दल मोदी के नेरेटिव की काट में उतने प्रभावी नहीं दिखते। भाजपा के नेतृत्व वाला राजग चुनावों से पहले जिस तरह आश्वस्त दिख रहा था, अब शायद उसने रक्षात्मक रणनीति अपना ली है।

विपक्षी दलों ने भाजपा नेताओं को घेरना शुरू कर दिया है कि उनका चार सौ पार का नारा हवाहवाई है। विपक्षी दल महंगाई से लेकर बेरोजगारी जैसे आर्थिक मुद्दों को भी उठा रहे हैं। भाजपा का राम मंदिर मुद्दा हवा-हवाई हो गया। सवाल उठ रहा है कि इससे आम आदमी को क्या लाभ होगा ?

भाजपा अनुशासित कैडर है। इसमें अच्छी-खासी तादाद में पदाधिकारी और कार्यकर्ताओं की बड़ी फौज शिक्षित है। कई चरणों में भी बड़े हैं, जैसे आर्मी में होता है। प्रत्येक कार्यकर्ता समर्पित, त्यागी, मेहनत करने वाला और जोश, जुनून, जज्बा के साथ संगठन को आगे ले जाने के लिए तैयार रहता है। ऐसी चीजें विपक्ष पदाधिकारी और कार्यकर्ताओं में बहुत कम देखने को मिलती हैं। आप पार्टी के पास दिग्गज नेता अलग-अलग धारा में जेल चले गए। पार्टी में दूसरी लाइन ही नहीं थी, जो धरना, प्रदर्शन रखकर अपनी बात रख सके। संजय सिंह और अरविंद केजरीवाल को जमानत मिली तो वे अपनी बात रखने जनता के समक्ष आए। और लोकसभा का चुनाव प्रचार किया। महागठबंधन नेताओं से चर्चा की, जगह-जगह प्रचार किया।

रामलीला मैदान सरकार बदलने का मंच

मोदी भाजपा और सरकार का चेहरा हैं, तो उनका विरोध स्वाभाविक है, लेकिन केवल मोदी विरोध के भरोसे चुनावी नैया पार लगने की उम्मीद नहीं की जा सकती। विपक्षी पार्टियों को छोड़कर भविष्य के लिए अपना एक सार्थक, सकारात्मक और शक्तिशाली एजेंडा भी प्रस्तुत करना होगा। राजनीति में अगर बड़ा बदलाव आया है, तो दिल्ली के रामलीला मैदान से ही इसकी शुरुआत हुई है। इंदिरा गांधी सरकार के विरोध में लोकनायक जयप्रकाश नारायण के नेतृत्व में हुए रामलीला मैदान के महाजुटाव के बाद मध्यरात्रि को ही देश में आपातकाल घोषित कर दिया गया था। उसके बाद हुए चुनाव में इंदिरा सरकार की सत्ता से विदाई हो गई थी।

वी.पी. सिंह के नेतृत्व में हुए रामलीला मैदान के आयोजन में राजीव गांधी के नेतृत्व में कांग्रेस को मिले ऐतिहासिक जनादेश पर ऐसा ग्रहण लगाने की बुनियाद रखी कि उसके बाद कांग्रेस कभी अपने दम पर बहुमत हासिल नहीं कर पाई। इस तरह दस साल की संपूर्ण सरकार की विदाई में रामलीला मैदान में हुए भ्रष्टाचार विरोधी आंदोलनों की अहम भूमिका मानी जाती है, जिसने ऐसा माहौल बनाया कि तीन दशकों के बाद भाजपा के रूप में किसी पार्टी को पूर्ण बहुमत हासिल हुआ।

ऐसे में बीते दिनों रामलीला मैदान में हुए विपक्षी दलों के जुड़ाव के बाद यह सवाल उठना स्वाभाविक है कि क्या इस रैली के बाद केंद्र में सत्तारूढ़ भाजपा के विरुद्ध माहौल बनाने में कोई मदद मिलेगी ? क्या इससे विपक्षी दलों को आवश्यक राजनीतिक संजीवनी मिली है ?

रामलीला मैदान में विपक्ष की महारैली का तात्कालिक संदर्भ देखें, तो यह आम आदमी पार्टी के मुखिया और दिल्ली के मुख्यमंत्री अरविंद केजरीवाल और झारखंड के मुख्यमंत्री हेमंत सोरेन की गिरफ्तारी के विरोध में विपक्षी एकजुटता दिखाने के लिए आयोजित की गई। पिछले साल विधानसभा चुनाव के बाद विपक्ष में बिखराव के बाद इस रैली के माध्यम से एकता प्रदर्शित

करने का भी प्रयास हुआ। केजरीवाल और सोरेन दोनों की गिरफ्तारी भ्रष्टाचार से जुड़े मामले में हुई है और विपक्ष उनकी गिरफ्तारी को राजनीति से प्रेरित बता रहा है। विपक्षी दलों की कोशिश इस मामले में भाजपा को घेरकर सहानुभूति पाने की है। जहां भ्रष्टाचार के मामलों में त्वरित जन सहानुभूति कितनी मुश्किल होती है, वहीं ऐसे आरोपों के पक्ष में सबूत न मिले, तो खोखले भी साबित हो जाते हैं। विपक्ष के 25 में से 23 ऐसे नेताओं को भ्रष्टाचार के मामलों में राहत मिल गई, जो भाजपा में शामिल हो गए। ऐसे में विपक्षी दलों द्वारा भ्रष्टाचार को लेकर भाजपा पर जवाबी हमले में दम तो दिख रहा है, लेकिन विपक्षी खेमे में कई ऐसे दागी नेता हैं, जो इस लड़ाई में उसका आधार कमजोर कर देते हैं।

भाजपा को घेरने के लिए मुद्दों की कोई कमी नहीं है, पर विपक्षी सही रणनीति नहीं बना पा रहे हैं। भाजपा के विरुद्ध कुछ सत्ता विरोधी रुझान भी हो सकता है, जो उन मतदाताओं को प्रभावित करने में सक्षम है, जो वैचारिक रूप से पार्टी के लिए प्रतिबद्ध नहीं हैं। महंगाई से लेकर बेरोजगारी के मुद्दे देश में हमेशा से प्रभावी रहते हैं। इसके बावजूद विपक्षी दल भाजपा को घेराबंदी करने में नाकाम दिख रहे हैं। विपक्षी जो मुद्दे उठाते हैं, वे उतने दमदार नहीं होते, न मीडिया और न जनता पर असर डालते हैं। विपक्षी दलों की पूरी योजना के तहत एकजुटता के साथ सही मुद्दों को सरकार के विरोध में उठाना चाहिए। मुद्दों की कोई कमी नहीं है, बशर्ते सही चयन की जरूरत है। पिछली रामलीला मैदान रैली ऐसा सशक्त मंच है, जो सरकार बदलने की ताकत रखता है। विपक्षी दलों को अपनी इच्छा शक्ति मजबूत करनी चाहिए।

भ्रष्टाचार के मामले में पद से इस्तीफा

एक बार किसी नेता को सत्ता का मोह लग गया, तो वह इतनी आसानी से नहीं छूटता। वह किसी न किसी प्रकार की तिकड़म लगाता है। उसके पास बुद्धिजीवी और चालाक वकीलों की फौज रहती है, जो ऐन-केन प्रकार से सत्ता में बने रहना चाहते हैं। कुछ घटनाएं भारतीय राजनीति में घटित हो चुकी हैं। जेल जाने के बाद अपनी पत्नी या अपने बहुत अधिक भरोसेमंद व्यक्ति को सत्ता की कुर्सी देकर जेल से ही सत्ता का संचालन किया गया। चारा घोटाले में बिहार के तत्कालीन मुख्यमंत्री लालू प्रसाद यादव जब जेल जाने लगे, तो उन्होंने पद से इस्तीफा देकर पत्नी राबड़ी देवी को मुख्यमंत्री बना दिया। चूंकि बिहार में विधानसभा के अलावा विधान परिषद भी है, अत: राबड़ी देवी को विधान परिषद का सदस्य बनाकर जेल में रहते हुए भी सत्ता संचालन का काम एक तरह से लालू यादव ही करते थे। एक बार मुख्यमंत्री जयललिता के सामने जब जेल जाने की नौबत आई, तो उन्होंने इस्तीफा देकर अपने भरोसेमंद नेता को मुख्यमंत्री बना दिया। पिछले दिनों झारखंड के मुख्यमंत्री हेमंत सोरेन भी भ्रष्टाचार के आरोप में जेल गए, पर उन्हें भी इस्तीफा देकर चम्पाई सोरेन को मुख्यमंत्री बनाना पड़ा। गांव, देहात में पत्नी सरपंच, पंच होती हैं, किन्तु सत्ता का संचालन उनके पति ही कर रहे होते हैं।

भ्रष्टाचार के खिलाफ जन लोकपाल की मांग को लेकर छिड़े अन्ना हजारे के आंदोलन से निकले अरविंद केजरीवाल को मुख्यमंत्री पद से इस्तीफा न देने की जिद ने देश को एक ऐसे चौराहे पर ला खड़ा किया है, जहां से आगे का रास्ता दिखाई नहीं पड़ता। भारतीय संविधान निर्माताओं ने ऐसे संवैधानिक संकट की कभी कल्पना नहीं की थी। चूंकि उन्होंने ऐसी कल्पना नहीं की थी, इसलिए उन्होंने इस बारे में कुछ तय भी नहीं किया। किसी नेता को ऐसी जिद नहीं करनी चाहिए। अन्य मुख्य उदाहरण हैं जिन्होंने जेल से अपने पद से इस्तीफा देकर अपना उत्तराधिकारी नियुक्त किया और कानून का पालन किया।

स्टार प्रचारक के बाद वोट प्रतिशत कम

पूर्व में स्टार प्रचारकों का बोलबाला रहता था। चाहे वे किसी भी पार्टी के हों, जनता उनका भाषण सुनने के लिए गांव-देहात से हजारों की तादाद में पैदल चलकर आती थी और इन नेताओं का घंटों इंतजार करती थी। पूर्व में साधन-संसाधन सीमित थे, लेकिन स्टार प्रचारकों में इंदिरा गांधी, अटल बिहारी वाजपेयी, लालकृष्ण आडवाणी, मुरली मनोहर जोशी, सुषमा स्वराज, आरिफ बेग, असलम शेर खान, पंडित जवाहरलाल नेहरू, लाल बहादुर शास्त्री, राजनारायण आदि का प्रभाव बहुत था।

जब ये वक्ता भाषण शुरू करते थे, तो उनके तेजस्वी और ओजस्वी भाषण से जनता मंत्रमुग्ध हो जाती थी। समय का पता ही नहीं चलता था। आधे घंटे का भाषण डेढ़-डेढ़ घंटे तक चलता था, और जनता को समय का पता ही नहीं चलता था। तर्कपूर्ण बातें, न्यायसंगत योजनाएं, कहानियां, मुहावरे आदि द्वारा ये नेता जनता के दिलों में जगह बना लेते थे। जनता भाषण सुनकर खुश होकर जाती थी, भूख-प्यास भूल जाती थी, और इसका असर चुनाव के समय वोटिंग पर जरूर पड़ता था। जिस पार्टी के नेताओं का भाषण दमदार और असरदार होता था, उनकी ओर वोट बैंक खिसक जाता था और उनके प्रत्याशी हजारों-लाखों वोटों से विजयी होते थे। उनकी सरकार भी बन जाती थी। उस समय स्टार प्रचारक को खास अहमियत दी जाती थी और उन्हें पार्टी टिकट देकर चुनाव भी लड़वाती थी। योग्य प्रत्याशियों की कद्र भी होती थी। उन्हें टिकट मांगना नहीं पड़ता था, बल्कि टिकट खुद उनके पास आता था। जनता अच्छे प्रत्याशी को हर प्रकार से मदद करती थी, उन्हें जीतने के लिए निस्वार्थ प्रयास करती थी। प्रत्याशी भी कार्यकर्ताओं द्वारा बताए गए मददगारों को धन्यवाद देते थे और जनता की भावनाओं और उम्मीदों पर खरे उतरते थे। वे क्षेत्र के लिए अच्छा कार्य करते थे।

हरियाणा में लोकसभा चुनाव के दौरान प्रधानमंत्री नरेंद्र मोदी, गृह मंत्री अमित शाह, कांग्रेस नेता राहुल गांधी, प्रियंका गांधी की तमाम सभाओं, रैलियों और रोड शो के बावजूद वोटिंग प्रतिशत गिर गया। राज्य में इस बार 64.60 प्रतिशत वोटिंग हुई, जबकि 2019 के आम चुनाव में 70.34 प्रतिशत मतदान हुआ था। पिछली बार के चुनाव के मुकाबले इस बार 5.54 प्रतिशत वोटिंग कम हुई।

यही नहीं, दोनों पार्टियों के इन सबसे बड़े नेताओं ने जिन-जिन संसदीय इलाकों में प्रचार किया, वहां भी मतदान प्रतिशत नहीं बढ़ पाया। पीएम मोदी ने हरियाणा में 3 रैलियां करके 6 लोकसभा सीटों को कवर किया। इन सभी 6 सीटों पर वोटिंग प्रतिशत 2.19 के मुकाबले 3.76 से 7.58 प्रतिशत कम रहा। इसी तरह कांग्रेस नेता राहुल गांधी और प्रियंका गांधी ने 3 सीटों पर प्रचार किया, इन तीनों सीटों पर भी पिछले आम चुनाव के मुकाबले वोटिंग कम रही।

भाजपा ने 134 तो कांग्रेस ने 65 छोटी-छोटी रैलियां कीं। लोकसभा चुनाव प्रचार के दौरान स्टार प्रचार के मामले में बीजेपी ने कांग्रेस के मुकाबले कई नए चेहरे हरियाणा में उतारे। 68 दिन चले प्रचार के दौरान पार्टी की ओर से 134 छोटी-बड़ी रैलियां की गईं। हरियाणा में मोदी ने अपनी तीसरी और आखिरी रैली 23 मई को महेंद्रगढ़ में की। यहां भी वोटिंग प्रतिशत गिरा।

कांग्रेस की बात करें तो पार्टी के 3 सबसे बड़े चेहरे हरियाणा में वोट मांगने आए। इनमें पार्टी के राष्ट्रीय अध्यक्ष मल्लिकार्जुन खड़गे, राहुल गांधी और प्रियंका गांधी शामिल रहे। उन्होंने रैलियां और रोड शो किए। राहुल ने भी भिवानी, महेंद्रगढ़ संसदीय क्षेत्र में आने वाले चरखी-दादरी और सोनीपत में रैलियां कीं। प्रियंका गांधी ने सिरसा और पानीपत में रोड शो किए, उसके बावजूद मत प्रतिशत कम रहा।

जनता भली-भांति समझ चुकी है कि नेता लोग अपने मतलब के लिए आदिवासी, दलित, गरीब, अशिक्षित गांव-देहात वालों को "दिवा स्वप्न" दिखाते हैं। हमारे साथ रैलियों में चलो, ट्रॉली में बैठाकर शहर ले चलेंगे। मुफ्त चाय-नाश्ता, भोजन भी मिलेगा और कुछ समय बाद तुम्हें अपने-अपने गांव पहुंचा देंगे। साथ में सौ-सौ या दो-सौ रुपये दिए जाएंगे। गरीब जनता इसमें ही खुश हो जाती है और नेताओं के कहने से कुछ रुपयों के लालच में निकल पड़ती है। यहां नेताओं की टीआरपी हाईकमान के सामने बढ़ जाती है। हाईकमान गदगद हो जाते हैं। उस नेता का नाम हो जाता है। उसे यह भी कहा जाता है कि वह जमीन से जुड़ा है।

चाय-नाश्ता, खाना तो पार्टी द्वारा मुफ्त उपलब्ध होता ही है, बाकी रकम नेताजी की जेब में चली जाती है। इन सारी बातों को जनता समझ गई है।

इसलिए गांव-देहात के लोग अपनी शर्तों पर ही नेताओं के साथ जाने को तैयार होते हैं। सुबह एक पार्टी की रैलियां, शाम को दूसरी पार्टी की रैलियों में नेताओं को भीड़ मिलती है। कुछ गांव-देहात वालों को मजदूरी मिलती है। दोनों पक्ष खुश रहते हैं, लेकिन यह जनता के साथ छलावा है।

तीन लाख सुझाव प्राप्त

लोकसभा चुनाव हो या विधानसभा चुनाव, हर पार्टी अपने स्तर से योजना बनाती है। जनता से सुझाव और राय मांगती है और पार्टी का सम्मेलन आयोजित कर छोटे से लेकर बड़े नेताओं को संक्षिप्त में सुझाव देने का आग्रह करती है, जिससे अच्छे सुझाव और घोषणाएं अपने संकल्प पत्र और घोषणा-पत्र में शामिल कर सके। जिससे घोषणा-पत्र आकर्षित और लोक लुभावना बने और जनता को पसंद आए। कूटनीतिज्ञ और राजनीतिक से चर्चा की जाती है। वे पहले दूसरे पार्टी का घोषणा-पत्र देखते हैं, उसके बाद अपना घोषणा-पत्र को आकर्षित, अच्छा और लोक लुभावना बनाकर प्रस्तुत करते हैं।

उत्तर प्रदेश के उपमुख्यमंत्री केशव प्रसाद मौर्य ने कहा कि भाजपा को लोकसभा चुनाव घोषणा-पत्र के लिए तीन लाख सुझाव मिले हैं। तीन लाख सुझाव से घोषणा-पत्र सुंदर और आकर्षित बन सकता है। इसी प्रकार कांग्रेस के राहुल गांधी ने भारत जोड़ो यात्रा और न्याय यात्रा निकाली थी, जिसमें उन्होंने लोगों से व्यक्तिगत रूप से मिलकर बात की, चाय पी, और जनता द्वारा हजारों अच्छे सुझाव प्राप्त किए। उन्होंने इन सुझावों को अपनी पार्टी के घोषणा-पत्र में शामिल किया। कुछ पार्टियां प्रतियोगिता द्वारा सुझाव आमंत्रित करवाती हैं, उन्हें भी अच्छे सुझाव प्राप्त होते हैं।

इसके बावजूद, अच्छा घोषणा-पत्र और संकल्प पत्र बनाना महत्वपूर्ण है ताकि जनता को आकर्षित किया जा सके।

एक देश-एक चुनाव

काफी समय से यह मुद्दा चर्चा में था कि एक देश-एक चुनाव होना चाहिए। इस पर फायदे और नुकसान दोनों गिनवाए गए। नुकसान से कहीं अधिक फायदे हैं और इस प्रणाली को शीघ्र से शीघ्र लागू करना चाहिए। कुछ स्वार्थी पार्टियां अपने स्वार्थ को देखते हुए विरोध जरूर कर सकती हैं, लेकिन अच्छे कार्य की शुरुआत में शुरूआती परेशानियाँ और कठिनाइयाँ अवश्य आती हैं, परंतु वक्त के साथ सब ठीक हो जाता है।

एक देश-एक चुनाव यानी देश में लोकसभा और विधानसभा चुनाव एक साथ कराने की तैयारी है। पूर्व राष्ट्रपति रामनाथ कोविंद की अध्यक्षता वाली समिति ने इस बारे में रिपोर्ट राष्ट्रपति द्रौपदी मुर्मू को सौंप दी है। करीब 7 महीने की कवायद के बाद तैयार इस रिपोर्ट में लोकसभा और विधानसभा के चुनाव एक साथ कराने का रास्ता और इसके लिए संविधान संशोधन की विधायी जरूरतों का ब्लूप्रिंट दिया गया है। इसका असर यह होगा कि इन सिफारिशों को जिस साल से लागू किया जाएगा, राज्य सरकारों का बचा कार्यकाल भी उसी साल तक चलेगा। मान लीजिए 2029 से सिफारिशों को लागू किया जाता है, तो 2023 या 2027 में चुनी गई राज्य सरकारों का कार्यकाल 2029 तक घट-बढ़ जाएगा। ऐसे में 10 सरकारों का कार्यकाल बढ़ेगा और 13 का घट जाएगा। हालांकि, यह कब से लागू होगा, यह अभी तय नहीं है।

क्या देश में पहले ऐसी व्यवस्था थी?

आजादी के बाद 1952, 1957, 1962 और 1967 में लोकसभा और विधानसभा के चुनाव एक साथ ही होते थे, लेकिन 1968 और 1969 में कई विधानसभाएं समय से पहले ही भंग कर दी गईं। उसके बाद 1970 में लोकसभा भी भंग कर दी गई, जिससे यह परंपरा टूट गई।

अलग-अलग चुनावों के कारण बार-बार आचार संहिता लगती है। नीतिगत निर्णय नहीं हो पाते, जिससे विकास कार्य अटक जाते हैं। बार-बार चुनाव से बहुत ज्यादा खर्च होता है। एक साथ चुनाव कराने से सरकारी कर्मचारियों और सुरक्षा बलों को बार-बार चुनावी ड्यूटी पर लगाने की जरूरत नहीं पड़ेगी। विरोध करने वाले कहते हैं कि इससे केंद्र में रहने वाले दल को ज्यादा लाभ होगा।

कितने संविधान संशोधन करने होंगे?

इसे लागू करने के लिए संविधान में 18 संशोधन करने होंगे। इसमें से कुछ संशोधनों के लिए आधे राज्यों की सहमति जरूरी नहीं होगी। लेकिन दूसरे संविधान संशोधन विधेयक में स्थानीय निकायों के चुनाव कराने के लिए मतदाता सूची तैयार करने का अधिकार भारत के निर्वाचन आयोग को दिया जाएगा। इसके लिए अनुच्छेद 325 में बदलाव कराना होगा। अनुच्छेद 324ए में बदलाव करते हुए निगमों और पंचायतों के चुनाव भी आम चुनाव के साथ कराए जाएंगे। संविधान के अनुच्छेद 368ए के तहत इस संशोधन विधेयक को आधे राज्यों के अनुमोदन की जरूरत होगी। इसी तरह विधानसभाओं वाले केंद्र शासित प्रदेशों के लिए अलग से संविधान संशोधन करने होंगे।

संविधान में करीब 18 संशोधन करने होंगे। लोकसभा चुनाव होने के 100 दिन के भीतर पंचायत और नगर निगम के चुनाव कराने की सिफारिश होगी। धीरे-धीरे विधि के अनुसार सब ठीक हो जाएगा।

लोकसभा चुनाव व्यय

पूर्व में लोकसभा चुनाव हेतु व्यय की लिमिट 40 लाख रुपये रखी गई थी। अब उसे हटाकर 95 लाख रुपये की कर दी गई है, ताकि प्रत्याशी अपने क्षेत्र में अच्छे से प्रचार कर सके। आठ-आठ विधानसभा को मिलाकर एक लोकसभा क्षेत्र होता है। 15 लाख से लेकर 30 लाख तक मतदाता होते हैं। सभी से संपर्क करना लगभग असंभव होता है। इसलिए उम्मीदवार आम सभा, नुक्कड़ सभा, रैली, मीडिया, अखबार, मोबाइल, यू-ट्यूब, इंस्टाग्राम, फेसबुक, अन्य ऐप पर अपने पार्टी का प्रचार-प्रसार करता है।

जगह-जगह पार्टी कार्यालय खोला जाता है। कार्यकर्ताओं और पदाधिकारियों को कोई दिक्कत न हो। कई उम्मीदवार चुनाव लिमिट से ज्यादा राशि चुनाव जीतने के लिए खर्च करते हैं। अधिकांश उम्मीदवार अक्सर करोड़पति से कम नहीं होते। जीतने की उम्मीद अगर नजर आ रही है तो पानी की तरह पैसा बहाते हैं। 95 लाख की लिमिट तक क्रॉस कर जाते हैं। इसके लिए अपने व्यय का रिकार्ड दो अलग-अलग रजिस्टर में दर्ज करते हैं। एक चुनाव आयोग को दिखाने, एक गुप्त रखते हैं। कार्यकर्ताओं और पदाधिकारियों पर खूब राशि खर्च करते हैं। आठ-आठ, दस-दस वाहन, बाइक क्षेत्र में दौड़ती हैं। चाय, नाश्ता, भोजन की पूरी-पूरी व्यवस्था रहती है, जैसे भंडारा चल रहा हो।

चुनाव के समय प्रिंटिंग प्रेस, मीडिया, वाहन आदि का रेट बढ़ जाता है। व्यापारियों को मालूम है कि यही मौका पैसे कमाने का है। भोपाल के प्रत्याशी आलोक शर्मा ने 52 लाख रुपये से अधिक खर्च की जानकारी दी है। अरुण श्रीवास्तव ने भी 50 लाख रुपये खर्च किए हैं। आलोक शर्मा ने 64 पन्ने का खर्चा रजिस्टर जमा किया है, अरुण श्रीवास्तव ने खर्च का ब्यौरा 50 से ज्यादा पन्नों का बनाया है। लगभग हर ताकतवर उम्मीदवार जीतने की उम्मीद में कम से कम एक माह तक अपने कार्यकर्ताओं के लिए भंडारा चलाता है। कार्यकर्ता खुश रहे, पूरे जोश से प्रचार-प्रसार करे।

आत्मचिंतन का समय

राजनीतिक दल चुनाव के वक्त कार्यकर्ताओं को एकजुट करते हैं और जनता के बीच जाकर संवाद करते हैं। हालांकि, अक्सर देखा जाता है कि सकारात्मक चर्चा के बजाय बहस, तू-तू-मैं-मैं होती है। कोई भी ढंग की चर्चा नहीं होती और एक-दूसरे को नीचा दिखाने की कोशिश की जाती है। इससे दल अपनी प्रतिष्ठा खो देते हैं।

जनता की जायज मांगों को अनदेखा कर दिया जाता है, जैसे महंगाई, बेरोजगारी, भ्रष्टाचार, और तंगी। आम जनता इन समस्याओं से पीस रही है। पार्टी में मंथन कर मुद्दे बना लिए जाते हैं, लेकिन आम जनता के लिए कुछ नहीं किया जाता। मुद्दे ऐसे होने चाहिए, जिससे आम जनता आपके साथ संघर्ष के लिए खड़ी हो जाए। जैसे रेल कर्मचारियों की मांगों के लिए संगठन हमेशा तत्पर रहता है। उनके धरने, प्रदर्शन में स्वयं कर्मचारी हिस्सा लेते हैं, क्योंकि उन्हें मालूम होता है कि उनके हित वाले मुद्दे हैं, जिससे उन्हें ही लाभ मिलेगा। अनेक मुद्दे हैं, पर राजनीतिक दलों ने आंखें मूंद ली हैं।

चुनाव पर मंथन दोनों पक्षों की तरफ से अपने-अपने तरीके से होता है। भाजपा के लिए यह जानना जरूरी होगा कि आखिर उसे यूपी, राजस्थान जैसे बड़े प्रदेशों में इस तरह से पिछड़ने की नौबत क्यों आई? टिकट वितरण के दौरान उम्मीदवारों के चयन की प्रक्रिया और पार्टी के अपने कार्यकर्ताओं को नजरअंदाज कर दल बदलकर आए नेताओं को मौका देना भी इसकी बड़ी वजह मानी जा सकती है। कांग्रेस और दूसरे दल जो 'इंडिया' में शामिल हुए, उन्होंने सत्ता में आने के अपने 'संकल्प' के अनुरूप एकजुटता नहीं दिखाई। भाजपा नेतृत्व के लिए यह सचमुच चिंता का विषय होगा कि विधानसभा चुनावों में बेहतर प्रदर्शन देने वाली पार्टी को राजस्थान जैसे प्रदेश में आखिर लोकसभा चुनाव में क्या हो गया?

भाजपा के लिए 'रेड सिग्नल' था कि कुछ प्रमुख पदाधिकारी, जिन्होंने मंत्री पद संभाला था, छ: माह के भीतर हुए चुनावों में बुरी तरह हार गए। कानून व्यवस्था में सुधार के यूपी मॉडल का

प्रचार, बाबा का बुलडोजर, और अयोध्या में भव्य राम मंदिर का उद्घाटन के बावजूद अयोध्या, अमेठी की कई सीटों पर करारी हार मिली।

एग्जिट पोल के परिणामों के विपरीत, सत्ता पक्ष का "अबकी बार चार सौ पार" का नारा जनता ने साफ नकार दिया। भाजपा अपने पिछले प्रदर्शन को भी बरकरार नहीं रख पाई। विपक्ष दलों के गठबंधन 'इंडिया' ने भी एनडीए को टक्कर दी, लेकिन समुचित एकजुटता नहीं दिखाई। सभी दलों को अवश्य आत्मचिंतन और मंथन करना चाहिए कि वे जनता से कितने दूर और कितने पास हैं।

मोदी कैबिनेट 3.0

मोदी 3.0 कैबिनेट में 31 मंत्री, 5 स्वतंत्र प्रभार और 36 राज्य मंत्री बनाए गए हैं। 31 मंत्रियों में से 26 भाजपा से हैं और 5 घटक दलों से। स्वतंत्र प्रभार: भाजपा से 3 और घटक दलों से 2। राज्य मंत्री: भाजपा से 35 और एनडीए से 293 सीटें, इंडिया से 232 और अन्य से 18, कुल 543 सीटें।

सीसीएस (केंद्रीय मंत्रिमंडल की सुरक्षा संबंधी समिति) में गृह, रक्षा, विदेश, वित्त और विदेश मंत्रालय शामिल हैं। यह सुरक्षा संबंधी मामलों पर फैसला लेने वाली सर्वोच्च समिति होती है। प्रधानमंत्री नरेंद्र मोदी ने अपने पास कार्मिक, लोक शिकायत और पेंशन मंत्रालय, परमाणु ऊर्जा विभाग, अंतरिक्ष विभाग, और अन्य सभी महत्वपूर्ण नीतिगत मुद्दे और विभाग रखे हैं जो किसी भी मंत्री को आवंटित नहीं किए गए हैं।

सीसीएस को राष्ट्रीय सुरक्षा संबंधी फैसले लेने में अहम भूमिका निभाने के लिए महत्वपूर्ण माना जाता है। इसकी सदस्यता में बदलाव को आमतौर पर सत्ता के माइंडसेट के बदलाव के रूप में देखा जाता है। यह पूर्ण रूप से एनडीए की सरकार होगी और सभी घटक दलों को विश्वास में लेकर कड़े और अच्छे फैसले देश के विकास और हित में लेने होंगे। इस बार विपक्ष भी मजबूत स्थिति में है और उनकी निगाह एनडीए सरकार पर रहेगी। दोनों पक्ष जनता की समस्याओं से अवगत हैं और उन्होंने जनता से वादे किए हैं, जिन्हें पूरा करने का अवसर दोनों के पास है।

*****